Andi, der Automatenaufsteller

Eine Kurzgeschichte von Jürgen Göb

Jürgen Göb

Andi, der Automatenaufsteller
Der Verlobungsring im Cola-Fach

Ein besonderes Dankeschön an meine Frau Daniela!
Du hast mir so oft den Rücken im Alltag freigehalten.
Du warst Ideengeberin, Beraterin und Lektorin dieses Buches.
Du hast mich immer ermutigt, dieses Buch zu schreiben. Und mit dir
hatte ich extrem viel Spaß, die Lieder für dieses Buch aufzunehmen.

Bibliografische Information der Deutschen Nationalbibliothek:
Die Deutsche Nationalbibliothek verzeichnet diese Publikation
in der Deutschen Nationalbibliografie; detaillierte bibliografische Daten sind im Internet über dnb.dnb.de abrufbar.

1. Auflage Januar 2022
© 2022 Jürgen Göb

Herstellung und Verlag:
BoD – Books on Demand, Norderstedt

ISBN 978-3-7557-8553-8

Umschlaggestaltung und Song-Icon-Illustrationen:
Jürgen Göb

Das Leben ist zu kurz für Knäckebrot!

Lesehinweis:

Jedes Lied ist mit einem QR-Code gekennzeichnet. Um direkt das Lied anzuhören genügt ein Smartphone. Einfach den QR-Code mit der Kamera abscannen und den Link im Browser des Smartphones öffnen. Schon gelangt man auf Soundcloud zum entsprechenden Lied. Es ist möglich, sich die App von Soundcloud herunter zu laden und sich kostenlos anzumelden oder man benutzt die ebenfalls kostenlose Webversion ohne Anmeldung im Browser.

Es gibt auch eine Playlist mit allen 12 Songs zu diesem Buch. Dazu einfach den QR-Code hier unten einscannen.

Sollte das mit dem QR-Code nicht funktionieren, dann einfach manuell die Adresse in den Browser eingeben:

https://soundcloud.com/andiautomatenaufsteller/sets/soundtrack-zum-buch

Der Soundtrack zum Buch

Track 1: Foto von Dir

Auf dem Schreibtisch steht ein Foto von Dir. Ich starre es an und du lächelst zurück. Plötzlich bewegen sich diese Bilder in mir, die Erinnerung ist mein größtes Glück.

Ein Schnappschuss nur aus Spaß gemacht, in einer viel zu vollgepackten Zeit. Völlig unbeschwert, du hast so schön gelacht! Melancholie macht sich in mir breit.

Wie viele Tränen haben wir zusammen geweint? Haben wir auch manches falsch gemacht! Wie oft hab' ich deine Wünsche verneint? Hab' ich dich damit weiter gebracht?

Auf dem Schreibtisch steht ein Foto von Dir, und dort wird es auch für immer stehn. Tief eingebrannt ist es ein Teil von mir, wie viele Jahre auch vergehn!

Intro

»Ach, Lilly!«, seufzt Andi, wie er das Foto vom Schreibtisch nimmt und es melancholisch genau betrachtet. Lilly ist die große Liebe seines Lebens. Und er kann sich noch genau erinnern, wie dieses Foto gemacht wurde. Es war so eine unbeschwerte Zeit. Sie hatten damals so viele Pläne! Sie hatten Wünsche! Träume! Träume allein, Träume zu zweit. Lilly bestand immer darauf, dass es ein *wir* gibt! Und wenn es das nicht gibt, dann muss es eben noch werden, war ihre Meinung. Andi starrt immer noch auf das Foto. Dieses Lächeln ist einfach umwerfend. Wenn Lilly lächelt, ist es so, als ob ein Engel lächelt. Da sind so viel Liebe und Güte in diesem Blick, der dir sagt: »Was du hast Probleme? Ich helfe dir dabei und dann ist es nicht mehr so schlimm.« Wenn du fröhlich bist, dann sagt dir das Lächeln: »Du bist fantastisch, so wie du bist! Ich freue mich für dich!« Wenn Du traurig bist, dann hilft dir dieses Lächeln, das dir sagt: »Ich verstehe dich und ich bin bei dir.« Egal in welcher der Gefühlslagen du dich befindest, dieses Lächeln ist pure Liebe und bewirkt in dir ebenfalls pure Liebe.

Andi stellt das Foto wieder auf den Schreibtisch im Arbeitszimmer ohne den Blick dabei von ihm lassen zu können. Es schießen ihm so viele Bilder und Szenen durch den Kopf. Man, wie schön war damals die Zeit. Beide hatten keine Ahnung was alles vor ihnen liegt und wie sich ihr Leben entwickeln würde. Welche Wege sie nehmen würden, welche Entscheidungen sie dort hinbrachten, wo sie heute sind. Aber alles der Reihe nach. Blicken wir zurück, wie die beiden sich trafen.

Wie alles begann

Andi war von Beruf Automatenbefüller. Die Liebe zu Automaten hatte er schon als kleines Kind, damals waren es noch die Spielautomaten auf der Kirmes, in die er sein ganzes Erspartes steckte. Wie oft warf er sein Kleingeld in einen Kaugummiautomaten, weil ihn das Drehen des Hebels und die Mechanik so faszinierten. Später dann der erste Kaffeeautomat. Was für eine Freude es Andi bereitete zuzusehen, wie der Plastikbecher aus dem Automaten kam, es in der Maschine surrte und brummte bis dann schließlich eine braunschwarze Brühe in den Becher floss. Fasziniert war er auch von der Tatsache, dass es Kaffeeautomat hieß, es aber immer eine Taste mit einer heißen Suppe gab, die seiner Meinung nach ein Schattendasein fristete. Andi versuchte sich schon immer vorzustellen, was da wohl in dem Automaten vorging. Bei bunten Lichtern war es um Andi geschehen, ob Flipper, einarmiger Bandit oder Plüschtiergreifautomat. Er liebte es, wie sie leuchteten. Die Weiterentwicklung der Automaten verfolgte er immer sehr genau und so war er ziemlich verblüfft, als er zum ersten Mal einen Pizzaautomaten an der Mauer einer Pizzeria entdeckte, oder einen Automaten von einem bekannten Elektrofachmarkt sah, in dem es nach Ladenschluss noch Kopfhörer, Telefone und Batterien zu kaufen gab. Andi dachte schon damals, es müsste eine Adresse im Internet geben, auf der die ganzen Standorte der Automaten aufgeführt sind, so dass man noch nach Ladenschluss Elektroartikel einkaufen konnte. Tja, unser Andi war schon immer ein Schlauer, hätte er somit gleich zwei Fliegen mit einer Klappe erschlagen und Google Maps und Amazon gleichzeitig erfunden!

Andi, mit bürgerlichem Namen Andreas Decker, war schon in der Realschule klar, dass er gleich danach eine Ausbildung als Automatenmechaniker machen würde. Diesen Plan hatte er nie aufgegeben und bei einem ganz kleinen Unternehmen die Ausbildung in der nächstgrößeren Stadt angefangen. Die hatte ihm Spaß gemacht und er war recht interessiert und deshalb auch erfolgreich. Sein Chef bot ihm an, dass er die alten, ausrangierten Automaten reparieren und mit nach Hause nehmen durfte. Und da Andi die Automaten oft nächtelang erfolgreich repariert und restauriert hatte, nahm er seine reparierten Geräte oft mit nach Hause. Denn in der Firma war kein Platz für die alten Geräte und Andi war froh, sich *Möbelstücke* in seine erste Wohnung zu stellen. Er war ein hoffnungsvolles Talent und der Liebling vom Chef, doch das änderte sich, denn die Tochter von genau diesem Chef war damals megamäßig in Andi verknallt. Das führte dazu, dass Andi des Öfteren Gesprächs- und Streitthema Nummer Eins in der Familie des Chefs war. Und als das langsam abebbte, hatte Andi nichts Besseres zu tun, als mit der Auszubildenden vom Wareneinkauf anzubandeln. Was erneut zu Diskussionen in der Familie führte. Seitdem ist Andi ein rotes Tuch für seinen Chef.

Somit wurde Andi in der Firma zum Mädchen für alles degradiert. Er musste die Lebensmittel im Großhandel besorgen und in die Automaten verteilen. Er durfte das Geld entnehmen - zählen durfte es nur der Chef. Andi ärgerte sich oft darüber, nahm aber alles hin. Noch dazu, dass die Tochter immer wieder in der Firma arbeitete und ihr Studium damit finanzierte. Und sie provozierte Andi jedes Mal aufs Neue, wenn sie sich trafen.

Inzwischen war Andi 27 Jahre alt und Single. Vor 10 Jahren hatte er die Ausbildung begonnen und seitdem war er in dieser Firma. Weil es ein kleiner Familienbetrieb war, machte es ihm nichts aus, die Extraarbeiten mit den vielen Extrastunden zu übernehmen. Er ist stets höflich und zuvorkommend gewesen, hat gerne geredet und immer eine Geschichte auf Lager. Irgendeinen Plan, eine Idee hatte Andi immer im Kopf, weswegen er oft abwesend wirkte, was er in der Tat dann auch war. Ihn selbst hat das nie gestört. Es war Freitagnachmittag. Andi musste noch den letzten Automaten am Bahnhof befüllen, bevor er in sein wohlverdientes Wochenende starten konnte. Es war ein typischer, fränkischer Kleinstadtbahnhof. Ein bisschen in die Jahre gekommen. Er hätte längst einmal renoviert werden müssen. Für die wenigen Leute war er viel zu groß. Die Halle wirkte so überdimensioniert und menschenleer, dass man sich fragen musste, für wie viele Menschen wohl dieser Bahnhof gebaut wurde, wie viele Leute sollten denn damals mit der Bahn fahren? Außen bröckelte der Putz von der Fassade, an den Stellen sah man deutlich die Backsteine. Drinnen merkte man, dass es qualitativ hochwertiges Material war, das für die Ewigkeit konzipiert war. Problem bei dieser Ewigkeit war nur, dass das Material ewig hielt, aber leider der Geschmack nicht für die Ewigkeit ist.

Es gab auch nur wenige Stunden am Tag, an dem einer der drei Schalter geöffnet war. Dann saß immer ein alter Mann hinter der Glasscheibe. Er bediente auch nur noch ältere Kunden. Die ganzen Pendler hatten sowieso Monatskarten und die jungen Mütter lösten ihre Karten schon längst mit dem Smartphone. Drum stand neben dem Schalter schon seit Jahren ein Ticketautomat, denn die Öffnungszeiten wurden immer kürzer, je älter der Schalterbeamte wurde. Andi ärgerte es, dass er diesen Automaten nicht reparieren durfte. Der Automat gehörte einem anderen Betreiber. Er durfte nur den Getränke- und Snackautomaten befüllen. Der andere Automat hatte ein Display, einen Kartenleser und einen Drucker, der die Tickets druckte. Bei ihm war es nur ein Münzschlitz, ein Tastenfeld, die Spiralen im Inneren. Er wollte schon immer mehr Hightech einsetzen, doch sein Chef argumentierte, dass da zu hohe Kosten entstünden und sich das nicht lohnen würde. Ende der Diskussion, mahnte dann immer sein Chef, um sich nicht länger verteidigen zu müssen! Andi befand sich in eben dieser Bahnhofshalle, als sein Handy klingelte. Es war sein Chef, der ihm mitteilte, dass er heute noch einen weiteren Automaten befüllen müsse, da ein Kollege sich am Mittag krank gemeldet hatte. Und Andi konnte nicht nein sagen, wozu auch? Er hatte ja Zeit und es machte ihm Spaß. So wussten die Kollegen, dass Andi immer einspringen würde, wenn es darum ging einen Kollegen zu vertreten.

Aus der Distanz sah er eine junge Frau, die sich an seinem Automaten zu schaffen machte. Sie klopfte mit ihren Fäusten auf die Scheibe des Automaten ein, ohne dass sich am Automaten etwas rührte. Sie wollte nicht wirklich den Automaten demolieren, sondern ihm lediglich deutlich zu verstehen geben, dass er gerade etwas Blödes machte. Und er solle das lieber lassen, denn sie war gerade nicht in der Stimmung für solche albernen Spiele! Sie drückte den Rückgabeknopf in einer Schnelligkeit, als ob sie bei einem Computerspiel eine Jump & Run Meisterschaft spielen würde. Sie schlug weiterhin mit den Fäusten auf den Automaten ein und hatte Tränen in den Augen. Andi hatte inzwischen aufgehört zu telefonieren und näherte sich ihr ganz langsam von hinten, ohne dass sie ihn sehen konnte. Er sagte mit sanfter, mitfühlender Stimme: »Mir geht das genauso! Ich könnte heulen! Aus Raider wurde Twix, doch geändert hat sich nix!« Danach sagte er gar nichts mehr. Er ging an ihre Seite zum Automaten, öffnete das Schloss, nahm den Riegel und gab ihn wortlos mit seinem charmantesten Lächeln. Sie seufzte noch zweimal ganz tief, dann nur noch leicht, wischte sich die Tränen aus den Augen und schaute ihn nur an. Es entstand eine zufriedene Stille zwischen den Beiden! Obwohl sie mitten in der Bahnhofshalle standen. Die Zeit schien still zu stehen. Sie schauten sich in die Augen. Dann fing sie zu lächeln an. »Bist Du nicht der Andi?«, fragte sie noch leicht schluchzend. »Klar, und du bist die Lilly!«, antwortete Andi prompt. »Dein Outfit hab' ich nie vergessen, als du zu Rektor Heckschmidt musstest, wegen Wiederholtem-Nichtvorzeigen der Hausaufgabe!«

Lilly wurde leicht rot! »Das war früher!«, entrüstete sie sich. »Ich schäme mich sogar ein bisschen dafür!«, gestand sie zu ihrer Verteidigung. Andi merkte sofort, dass es Lilly unangenehm war und lud sie ins Stehbistro nebenan zu einem Kaffee ein.

Lilly war aus dem gleichen Ort wie Andi, ein Jahr älter und demzufolge eine Klasse über Andi. Sie hatte eine zehn Jahre ältere Schwester, die ziemlich früh von zuhause ausgezogen ist und ihre eigene Familie gründete. Das war auch immer das Musterbeispiel für die Eltern, sie solle sich doch ein Beispiel an ihrer Schwester nehmen. Es war Lilly nur nie ganz klar, an was sie sich ein Beispiel nehmen sollte, dass sie schon so früh ausgezogen ist oder dass sie eine vernünftige Ehe führte. Später erfuhr sie, dass die Eltern sich wünschten, dass beide Schwestern schon früher aus dem Haus ausgezogen wären, damit die Eltern endlich getrennte wegen gehen könnten und keiner mehr die Verantwortung für die Kinder hatte. In der Familie war oft von Scheidung die Rede, es gab oft viel Streit und viele Tränen. Lilly fühlte sich oft ungeliebt. Besonders in den Momenten, in denen die Kinder für das Versagen der Ehe verantwortlich gemacht wurden. Sie haben sich dann doch getrennt, als Lilly noch zur Schule ging und beide Eltern hatten ziemlich schnell neue Lebenspartner. Was bei Lilly zurückblieb ist die Sehnsucht nach einer intakten Familie und das sie mit einer der Gründe für das Scheitern der Ehe war. So entschied sie sich, dass sie beruflich Menschen helfen wollte. Gleich nach der Schule machte sie eine Ausbildung zur Krankenschwester. Mit Ausschlaggebend war, dass sie gleich zu Beginn einen Platz im Schwesternwohnheim angeboten bekommen hatte. Das war für sie die Chance von zuhause weg zu kommen und was Sinnvolles zu machen. Und es konnte nicht weit genug vom Heimatdorf weg sein, da bot sich natürlich die nächste Kreisstadt förmlich an. Lilly war auf dem Weg nach Hause zu ihrer Mutter.

Sie hatte das Gefühl, unterzuckert zu sein und brauchte deshalb unbedingt etwas Süßes. So war sie auch am Automaten gelandet. Am liebsten wollte sie alles kurz und klein schlagen, nicht nur den Automaten. Denn ihr ging es gar nicht gut! Sie lebte über fünf Jahre in einer festen Beziehung mit ihrem Freund. Er holte sie damals raus aus dem Schwesternwohnheim und sie bezogen ihre erste gemeinsame Wohnung. Lilly hätte ihn gerne sofort geheiratet. Doch jetzt hatte sich der Freund von ihr getrennt. Und nicht nur das, er gab Lilly die Schuld am Scheitern der Beziehung. Lilly wollte nicht länger in der gemeinsamen Wohnung bleiben und zog aus. Zu viele Erinnerungen, zu viele Sachen von ihm. Und ihre Mutter hatte ein Gäste-zimmer, dass sie selbstverständlich Lilly anbot. So musste sie vorübergehend wieder bei ihrer Mutter einziehen. Die wohnte mit einem neuen Lebensgefährten zusammen, mit dem sich Lilly überhaupt nicht verstand. Sie konnte nur streiten. Dort fühlte sie sich bei jedem Besuch wie das fünfte Rad am Wagen. Es war wohl inzwischen der dritte Lebens-gefährte, seitdem sie sich von ihrem Vater getrennt hatte. So genau konnte und wollte das Lilly gar nicht wissen. Es war ihr auch irgendwann egal.

Doch jetzt, die Schuldvorwürfe ihres Freundes, die Trennung, die Vorstellung Zuhause bei ihrer Mutter zu wohnen und wieder nur zu streiten, waren für Lilly zu viel. Sie erzählte voller Enttäuschung, wie es zum Aus ihrer Beziehung mit ihrem Freund gekommen war. Es hatte sie so hart getroffen, dass er schon lange eine Affäre mit seiner Arbeitskollegin hatte. Es tat immer noch weh, wenn sie nur darüber redete! Andi war froh, dass er so viele Taschentücher bei sich hatte. Ab und an reichte er Lilly ein neues Taschentuch und Lilly nahm es ohne zu zögern an, schnäuzte sich die Nase, wischte sich die Tränen fort und erzählte weiter. All der Ballast und die Wut, die sich angestaut hatten, mussten raus. Es tat so gut zu reden. Und Andi war ein guter Zuhörer. Er war auch ein guter

Geschichtenerzähler. Beides beherrschte er. So hatte es Andi tatsächlich geschafft, Lillys Laune erheblich zu verbessern.

Nach einer ganzen Weile schaute sie Andi an und fragte neugierig: »Sag mal, was machst du denn eigentlich so? Ich erzähl nur von mir! Wie geht's dir?« Sie wollte auch über Andis Leben Bescheid wissen. »Was machst Du so, bist du verheiratet, und wen kennst du noch von früher?« »Ach, da hat sich nicht viel geändert. Ich bin immer noch 1994 geboren. Wie damals spiele ich begeistert Fußball und bin immer noch bei der Freiwilligen Feuerwehr.« Das Spielfeld rauf und runter zu rennen war sein Liebstes. Deshalb hatte er auch die gute, drahtige Figur und seine Muskeln waren wohldefiniert. Mit seinem kollegialen Einsatz, seinem unverblümtem Redefluss, war er allseits beliebt im Fußballverein und bei seinen Kollegen der Freiwilligen Feuerwehr.

»Kennst Du noch den Basti?«, wollte Andi wissen. »Welchen Basti?«, fragte Lilly interessiert. »Na, den Basti Lupper, vom Lupper Hof. Der ist immer noch mein Freund und mit dem treffe ich mich auch heute noch regelmäßig.« Basti war der jüngste Sohn einer Landwirtsfamilie. Er war irgendwie furchtbar schlau, leicht korpulent und oft unbeholfen. Seine Eltern hatten ihm immer gesagt, dass es gut sei, dass er der dritte der Brüder wäre. So wird er nie in die Not geraten, den Bauernhof übernehmen zu müssen. Basti fand das völlig normal, wusste aber nicht wirklich, worin seine Talente lagen und was er später einmal beruflich machen wollte. Umso erstaunlicher war es, dass es die Zeit so wollte, dass gerade er als Drittgeborener, doch den elterlichen Bauernhof - nicht gerade freiwillig - übernahm und dass er das heute sogar richtig gut machte. Andi und Lilly redeten viel über frühere Zeiten. »Stimmt!«, fiel es Lilly wieder ein, »ihr hattet doch beide einen Spitznamen!« Es lag ihr auf der Zunge, konnte es aber in keine klaren Gedanken fassen. »Klar«, lachte Andi verschmitzt, »AndiBasdi haben sie uns immer genannt!«

Da die beiden unzertrennlich waren, erhielten sie den Spitz-namen. Sie waren in der gleichen Klasse, zusammen bei der Feuerwehr und verbrachten auch sonst jede freie Minute zusammen. Und da die Franken nicht zwischen hartem *P* und weichem *B* und hartem *T* und weichem *D* nicht unter-scheiden, klang das in der Tat wie beim Italiener: »Heute nehme ich noch den AndiBasdi-Della!«

Schule war natürlich auch Thema bei dem Gespräch. »Kannst du dich noch an den Jahn erinnern, unseren Englischlehrer?«, fragte Andi. »Weißt Du nicht! Klein, behäbig, fast schon im Ruhestand. Der war Englischlehrer.« Für ihn war es eine humorvoll, hinterlistige, überlebens-notwendige Art Namen im Kontext darzustellen und zu verwenden. Er stand ganz nah am Pult mit seiner Brille vorn auf der Nase, wippte leicht mit den Knien und lies einen Englischtext von verschiedenen Schülern laut vorlesen. Jedes Jahr hatte er Schüler und Schülerin-nen mit ganz gewöhnlichen Namen in der Klasse. »Und bei uns waren das damals der Stefan Pfister, der Michael Jeh, die Helga Schneider, oder auch mein Kumpel, der Bastian Lupper«, zählte Andi die Namensliste auf. Aber Herr Jahn machte das vermeintlich so geschickt, dass keiner es merken sollte, oder gar Absicht dahinter vermuten konnte. So hätte er ja Stefan Pfister einfach Stefan, oder Herr Pfister nennen können. Nein, er war ja Englischlehrer und so nannte er ihn Mister Pfister. Aber bei Michael ist er immer Deutsch geblieben und hatte ihn direkt mit Herr Jeh angesprochen. Sollte der nächste den englischen Text weiterlesen, befahl er: »Weiter, Schneider!« »Zum Basti sagte er immer, dass war Supper Herr Lupper«, bei mir nur: »Sie lesen doppelt, Decker!« Aber meistens waren die Beiden immer zu-sammen und dann gab es den Spruch: »Na, wer von Euch mag Andibasdi?« Wobei er die beiden Namen immer direkt nacheinander aussprach. Nie mit Pause! Nie umgekehrt. Immer Andibasdi!

»Und weißt du noch der Kiosk an der Kreuzung?«, fragte Andi völlig in seiner Vergangenheit. An der Kreuzung stand schon seit je her ein Kiosk an der Ecke. Durch ein altes, milchiges, zigmal weiß lackiertes Schiebefenster bediente ein grimmiger, alter Mann, die Kinder mit den dort ausgelegten Süßigkeiten. »Es war für uns das Paradies!« Naja, eigentlich war es eher das Paradies für Männer, denn es war eine Eckkneipe, in der die Männer schon nachmittags ihr Bier trinken durften. Aber das war den Kindern egal, denn dort gab es Brausetaler, Gummischlangen, Schaummäuse und Lakritze. Alles aus großen Schachteln direkt aus der Hand, in die Hand. »Gefühlt sind wir jeden Tag dort gewesen.« Und in der vierten Klasse wurde da plötzlich ein riesengroßer Automat aufgestellt. Den hatten zwei Männer direkt vor diesem Schiebefenster platziert! Wir hatten uns alle um den Automaten und um die Arbeiter herum gestellt, um zu sehen, was die da machten und mit was sie den Automaten befüllten. Jeder wollte sich seine Süßigkeit aus dem Automaten holen. »Ich war wohl der Einzige, der sich mehr für den Automaten interessierte, als für den Inhalt!«, stellte er mit einem leichten Lächeln fest. »Das war auch übrigens das erste Mal, dass ich mit dir gesprochen habe! Und wusstest Du, dass Du der Grund bist, warum ich Automatentechnik gelernt habe?« »Hä?«, fuhr es aus Lilly heraus. »Ähm, was hab' ich damit zu tun? Und warum weißt Du noch jetzt, wann wir zum ersten Mal miteinander gesprochen haben?«, wollte sie wissen.

Lilly war eigentlich ein liebes Mädchen, aber nicht zu dieser Zeit. Da sich ihre Eltern gerade in Scheidung befanden, hatte die Mutter keine Handhabe gegen ihre Tochter, was sich darin zeigte, dass Lilly auffälligen Lippenstift und Oberteile trug, die etwas transparent erschienen. Die waren bewusst so ausgewählt. Da sie immer schwarze BHs trug provozierte sie damit gekonnt. Das war natürlich auch Andi und seinen Freunden nicht entgangen. Eigentlich war diese aufreizende Art niemandem an der Schule entgangen. Und genau dieses Mädchen lehnte sich an den Automaten und beugte sich nach vorn, um einen Doppelpack Lollis aus dem Automaten zu befreien. Doch sie trat mit ihren Füßen an den Automaten und schimpfte, was das Zeug hielt. »Das kommt mir ja bekannt vor!«, warf Andi mit einem Augenzwinkern ein. Damals schon wollte Andi ihr Hilfe leisten. Er hatte das Ganze aus der Distanz beobachtet und lief schnell zum Automaten. Und wie beim American Football, wurde Andi auf den letzten drei Metern, durch einen Gegner auf den Boden geschleudert. Der Stoß kam von keinem geringeren als von Harald, von allen Harry genannt. Harry war ein Typ, dem man auch bei Tage lieber aus dem Weg ging. Er war schon 15, hatte eine Lederjacke und ein Mofa. Man erzählte sich, dass er bereits an vielen Schulen gewesen war und keiner wusste, wie oft der Kerl schon sitzen geblieben war. Eben dieser Kerl setzte sein Gewinnerlächeln auf und sagte ganz laut: »Ey Baby, was geht? Geht der Automat nicht?« »Ach nee du Blödmann, dass sieht man doch«, dachte sich Andi. Aber er lag immer noch auf dem Boden und hörte wie Lilly sagte: »Der Scheiß! Nix geht, ich will meine Kohle zurück!« Jeder normal denkende Mensch hätte die Rückgabetaste probiert. Aber Harry, der nun mal durch den Kampfsport bedingt ein breites Kreuz hatte, dachte gar nicht daran. Er schlug und trat auf den Automaten ein, als ob der Automat ihn persönlich beleidigt hätte. Durch die heftigen Schläge wackelte der Automat und tatsächlich rutschen die beiden Lollis ins Ausgabefach. Harry schubste den Automaten immer noch mit den Fäusten, als Lilly die Lollis raus nahm. Sie riss die Verpackung auf, steckte einen Lolli in Harries Mund und einen in ihren. Dann saßen die beiden eine lange Zeit zusammen und lachten, schubsten sich und erzählten sich Dinge, die kein anderer hören sollte. Andi fand das so gemein, dass er sich fest vornahm, solche Vorfälle durch Technik zu lösen. Und da gab es nur eine Möglichkeit, er musste Automatenaufsteller mit Schlüssel werden. »Der widerliche Kerl!«, schrie Lilly auf einmal ganz laut. »Der wollte mit mir gehen! Der hat mich immer angemacht!«, schnaufte sie weiter. »Zum Glück ist er ziemlich schnell wieder umgezogen! Ich hab' den nie wieder gesehen.« »Und Du wolltest mir damals helfen?«, fragte Lilly. Sie wusste nicht genau, ob sie sich das folgende nur innerlich, oder Andi direkt gestehen wollte. Deshalb murmelte sie nur zögerlich: »Das war ziemlich süß von Dir!« Sie schaute nun Andi direkt in die Augen und setzte ihr engelsgleiches Lächeln auf. Schon von da an hatte Lilly Andis Herz gewonnen und Andi war heimlich in Lilly verliebt.

»Ach, Herrjeh«, schreckte Lilly auf einmal hoch! »Wie viel Uhr ist es? Ich bin zu spät dran!«, rief Lilly völlig aufgeregt. Sie hatte hier am Bahnhof mit Andi total die Zeit vergessen und damit ihren Anschlusszug verpasst. »Meine Mama will um 19 Uhr das Abendessen machen und ihr Lebensgefährte wird sauer, wenn es nicht pünktlich Essen gibt.« »Wohnt Deine Mama immer noch in ihrem Haus?«, wollte Andi wissen. »Ja, aber«, fing Lilly gerade das argumentieren an, als Andi einfach dazwischenredete. »Ich fahr dich nach Hause. Ich hab' draußen meinen Firmenwagen stehen. Ich muss noch den Automaten hier befüllen und dann einen ganz in der Nähe. Aber wir kommen noch rechtzeitig bis um 19 Uhr zu deiner Mama!« »Echt! Das würdest Du tun?«, fragte Lilly so ungläubig, als ob Andi gerade gesagt hätte, er würde erst noch einen kleinen Abstecher zu einem Automaten auf dem Mond machen, weil er dort die Schwerkraft in Dosen nachliefern müsse. »Das ist voll lieb von Dir!«, lachte Lilly richtig erleichtert. Sie fragte sich, wer sonst noch so etwas für sie tun würde, oder wer in letzter Zeit so etwas für sie getan hatte. Da sie aber noch nicht für eine neue Beziehung bereit war, nahm sie es zur Kenntnis und verdrängte es auch wieder. Hinten, zwischen all den Schokoriegeln und den Getränken, fand der Koffer Platz.

Vor der Wohnung angekommen tauschten sie dann noch Telefonnummern aus und verabredeten sich für den nächsten Tag. Andi fuhr sein Firmenfahrzeug mit einem dermaßen breiten Grinsen nach Hause, so als ob der Joker das Batmobil geklaut hätte und damit durch Gotham City fuhr. Aus dem Radio hörte er das folgende Lied.

Track 2: Andi, der Automatenbefüller

Als Junge sah er sie am Automaten stehn, Schein rein, Cola raus, Kopfverdrehn! Wie von selbst bringt er den Knüller, Baby, ich bin dein Automatenbefüller! Sie lief weg, doch der Wunsch war klar, er wird nicht berühmt, noch wird er Rockstar. Den Vertrag unterschrieb er mit blauem Füller, Andi wurde schließlich Automatenbefüller!

Andi, der Automatenbefüller! Kein Goethe und auch kein Schiller! Kein Held und auch kein Auftragskiller! Einfach nur Andi, der Automatenbefüller!

Jahre später, das Schicksal hat es gewollt, ist ihr Snack nicht von der Rolle gerollt. Sie hat sich beschwert, er hat's gerichtet, hat auch nicht auf Kommentare verzichtet. »Aus Raider wurde Twix, doch geändert hat sich nix!« Damit war er für sie der Brüller, Junge, Du bist mein Automatenbefüller!

Denn sie weiß bei ihm gibt's...

Coffee to go, lactosefrei! Wenn's auch sein muss Babybrei. Sonnenmilch fürs Solarium, Futter fürs Aquarium. Dunkles, helles Dosenbier, feinster Schmuck vom Juwelier. Voll romantisch gar kein Ding, ist's für sie der Verlobungsring!

Seit langem schon sind die beiden ein Paar, und eines das wurde dem Andi schnell klar! Das Reichwerden dauert ihm viel zu lang! Dann fängt er halt was Neues an! Er bleibt nicht immer Automatenbefüller! Er wird nicht Bäcker, Klempner oder Müller. Er wird Millionär, und zwar viel schneller! Andi wird Automaten - Aufsteller!

Kein Goethe und auch kein **Schiller**! **Kein Held** und auch kein **Auftragskiller**!
Einfach nur Andi,
der Automatenbefüller!

Die Zeit mit Lilly

Andi saß am Bahnhof und beobachtete in seiner Mittags-
pause die Leute, die da ständig kamen und gingen. Was
wollten die eigentlich? Er stellte fest, dass neben Süßigkeiten und Getränken auch Dinge für die Reise benötigt
werden. Er hatte so viele Ideen im Kopf. Aber immer, wenn
er etwas seinem Chef davon erzählte, schnauzte der nur:
»Mach deine Arbeit! Und ich mach meine!«

Recht schnell entstand deshalb bei Andi der Wunsch,
seine eigene Firma zu gründen. Vorerst aber füllte er die
Spiralfächer wie gewohnt mit den ständig gleichen Dingen.
Er verwarf seine Idee, mit den kleinen Comics und den
Romanen, ebenso das Fach mit Reisezahnbürsten und
Zahnpasta die Fächer zu füllen. Er war sich sicher, dass
diese Dinge sich erfolgreich verkaufen würden.
Gerne hätte er das Sortiment um einen kleinen
Reiseregenschirm oder um eine Postkarte, mit dem
Motiv von dem Ort, an dem der Automat aufgestellt war,
erweitert. Diese wäre bereits ausgefüllt und mit Briefmarke
versehen. Man hätte die Karte nur noch unterschreiben und
ab zur Post bringen müssen. Aber sein Chef wollte nichts
davon hören.

Er sprach von seinem Chef als Mister Nixon. Denn immer
hinter seinem Rücken machten sich die Arbeiter über den
alten Chef lustig. Es war wohl bekannt, dass er viel ins
Casino ging. Nicht wegen der Automaten, daran hatte er
kein Interesse. Er wollte am Roulette Tisch sitzen, wie James
Bond es bei Casino Royale machte. Umgeben von schönen
Frauen, immer den richtigen Instinkt für das Zahlenfeld.
Doch leider war er alt, hatte kreisförmigen Haarausfall
und eindeutig Übergewicht. Die Anzüge, die er zu seinen
Besuchen trug, waren verblasst, an den Ärmeln speckig
und vorn spannten zwei der drei Knöpfe, wenn er
versuchte, das Jackett zu schließen. Was er meistens

nicht tat, da er ja am Roulette Tisch saß. Am darauf folgenden Morgen sah man ihn schlecht gelaunt. Wenn ihn einer ansprach, bekam er immer die gleiche Antwort: »Nix is, mein Sohn!« Und wenn dann noch Alkohol am Abend zuvor im Spiel war, dann verkürzte er seine Aussage auf: »Nix, Sohn!« Das brachte ihm den Spitznamen Nixon ein. Es hielten sich aber auch hartnäckige Gerüchte, dass er illegal in eine Immobilienfirma investierte und damit sein persönliches Watergate erlebt haben soll. Deshalb wurde er Präsident Nixon genannt. Aber wie gesagt, dies waren nur Gerüchte.

Die Arbeitsbedingungen machten Andi schnell klar, dass er nach seiner Ausbildung nicht lange bei der Firma bleiben und sich lieber selbstständig machen wollte. Der Wunsch war da, doch fehlten Andi das nötige Kleingeld und der Mut, um es durchzuziehen. So blieb Andi Jahr für Jahr bei der Firma, bekam nie eine Chance. Im Gegenteil. Alle Kollegen gaben ihm noch die unliebsamen Automaten und Jobs ab. Das frustete Andi schon sehr.

Um so mehr genoss er die Zeit nach der Arbeit. Und jetzt, wo er sich mit Lilly traf, hatte er immer ein Lächeln im Gesicht. Er konnte es kaum erwarten sie wieder zu sehen. Mit Lilly fühlte es sich irgendwie so an, als ob keinerlei Zeit vergangen wäre. Er glaubte immer noch ein Teenager zu sein. So unbeschwert war die Zeit. Die Stunden in der Arbeit vergingen nur langsam.

Es ergab sich, dass Andi seinen Freund Basti und Lilly ihre Freundin Laura mit zu einem Treffen nahmen. Laura war die beste Freundin von Lilly, schon immer. Zumindest seit die beiden denken konnten. Sie waren unzertrennlich, so wie Andi und Basti. Doch der Exfreund von Lilly war der Grund, dass die beiden immer weniger Kontakt hatten und sich nicht mehr so oft sehen wollten. Laura war überhaupt nicht einverstanden mit Lillys Freund. Es entwickelte sich ein gegenseitiges Unverständnis dem anderen gegenüber. Das war auch der Grund, warum Laura die Letzte gewesen wäre, die Lilly in ihrer Notsituation angerufen hätte. Lieber würde sie zurück zu ihrer Mutter gehen, als nach all den Jahren plötzlich bei Laura vor der Tür zu stehen! Doch wie es der Zufall so wollte, trafen sich die beiden beim Einkaufen im Supermarkt. Sie sahen sich immer noch sehr ähnlich. Schon früher hatte man sie für Schwestern gehalten. Die identische braune Haarfarbe, braune Augen, die Körpergröße von 1,70 Meter, die schlanke Figur. Auch heute könnte man das immer noch denken, dass die beiden den gleichen Vater haben müssen. Vielleicht war das auch der Grund, warum die beiden sich so gut verstanden. Und beide hatten die Schwäche, dass wenn es ihnen nicht gut geht, sie immer eine Packung Schaumküsse in der Nähe haben mussten. Und genau so eine Packung hatte Lilly in ihrem Einkaufswagen, als sie Laura in einem Gang im Supermarkt traf. Erst waren es ein paar belanglose Floskeln: »Na wie geht's? Und, wie läuft's bei dir so?« Als Laura die Schaumküsse erblickte schoss es wie automatisch, ohne nachzudenken, aus ihrem Mund! »Ist wirklich alles in Ordnung mit dir? Was ist los?« Und Lilly ganz frisch getrennt von ihrem Freund fühlte sich auf frischer Tat ertappt. Augenblicklich kullerten ihr die Tränen die Wangen herunter. Laura nahm sie in den Arm und Lilly erzählte ihr alles. Beide waren so froh, dass sie hier standen. Wie sich herausstellt, ist es Laura auch nicht besser ergangen. Sie hatte in der Zeit drei mehr oder minder feste Beziehungen, die nie lange hielten. Aktuell war sie Single mit zwei Katzen und einer viel zu großen Wohnung. Laura bestand darauf, dass Lilly bei ihr in die Wohnung mit einzieht. Und da es wirklich keinen Spaß machte bei ihrer Mutter zu wohnen konnte sie Laura auch leicht überreden. Seid diesem Treffen sind die beiden erneut unzertrennlich, ergründeten den Sinn des Lebens, hatten viel Spaß zusammen und jede Menge Redebedarf.

Am Abend waren sie also zu viert verabredet. Da es gut harmonierte verbrachten sie jede freie Minute miteinander. Kino, Freibad, Eis essen und vieles mehr. Alles machten sie zusammen! Besonders gerne machten sie zu viert Spieleabende. Genau bei einem dieser Spieleabende ist das Foto von Lilly entstanden. Denn sie spielten ein Spiel, in dem es darum ging, eine Person darzustellen und die anderen mussten raten, wen sie darstellte. Lilly hatte die Aufgabe, Julia Roberts darzustellen. Das machte sie auch so überzeugend, dass alle ihr Smartphone zückten und ein Blitzlichtgewitter simulierten. Dieses Motiv wurde von allen zum Foto des Abends gewählt. Andi besorgte sich sogar einen Rahmen dafür und stellte es auf seinen Schreibtisch. Sie hatten zusammen jede Menge Spaß auf dem Volksfest, in der Disco, oder einfach zu Hause. Nur bei der Verabschiedung am Abend, waren beide immer so unbeholfen. Wie in einem schlechten Film standen sie sich gegenüber und schauten sich in die Augen. Das Knistern war deutlich zu spüren, aber keiner wagte den Anfang. Es blieb lange Zeit nur bei der obligatorischen Umarmung. Kein Kuss auf die Wange, kein »Ich liebe dich!« Nichts! Lilly wollte aktuell keine neue Beziehung. Das hatte sie bei jedem Gespräch mit Andi auch deutlich gemacht. Deshalb hat Andi auch nichts unternommen oder gewagt, von Gefühlen zu reden. Beide wollten cool sein und nicht den ersten Schritt wagen. Dabei verstanden sie sich blendend und teilten den gleichen Humor. Wenn sie zu viert unterwegs waren, dann bildeten sich automatisch immer Zweiergruppen. Eines Abends standen Andi und Lilly an ihrem Stehtisch in der Disco und auf der Tanzfläche tanzten Basti und Laura. »Findest du es nicht komisch, dass Basti immer die gleiche Meinung hat wie Laura?«, wollte Lilly von Andi wissen. »Nee, wieso?«, gab Andi desinteressiert zurück. »Schau dir doch mal die beiden an«, stupste Lilly Andi an. »Die sind sich doch voll ähnlich! Ist dir das noch nie aufgefallen?«, fragte sie Andi direkt und wollte nicht locker lassen. »Ja klar, jetzt wo du es sagst!«, lächelte Andi spitzbübisch: »Sie mit Bart ist er!« und das Lächeln wurde zu einem richtigen Lachen. Das war so ansteckend, dass Lilly mitlachen musste. Noch auf dem nach Hause Weg schaute Lilly Andi ungläubig an und sagte ganz leise: »Sie mit Bart ist er!« und konnte sich das in sich gekehrte Lächeln nicht verkneifen.

»Sag mal«, fragte Basti, »warum seid ihr Beide eigentlich immer noch kein Paar?« Sie befanden sich im Fitnessstudio, Basti war links auf dem Laufband und hatte einen hochroten Kopf und war schon ziemlich außer Atem. »Wieso«, kläffte Andi wie ein getretener Pudel zurück. Er hatte mehr Energie als Basti und rannte gefühlt doppelt so schnell wie Basti, aber ohne roten Kopf. »Na ihr passt doch gut zusammen, das sieht doch jeder!«, keuchte Basti. »Spinnst du, ich kenne Lilly schon seit der Grundschule!«, wehrte Andi diese Feststellung ab. »Ja klar, aber nicht so wirklich, oder?«, stellte Basti haarscharf fest! »Ihr habt euch so lange aus den Augen verloren. Und jetzt ist alles ganz anders.« »Ja stimmt, Lilly ist voll nett. Und sie sieht so klasse aus, für mich ist sie eine echte Traumfrau!«, schwärmte Andi mit einem in die Ferne schweifenden Blick. Man sah förmlich Lillys Gesicht auf Andis Netzhaut! »Na, dann sag ihr das doch!«, verblüffte Basti seinen Andi. »Spinnst Du, ich geh' doch nicht zu Lilly und sag ihr, dass sie eine Traumfrau ist! Das weiß sie schon selber!«, fuhr Andi Basti an. »Klar wird sie das wissen, aber weiß sie auch, dass *DU* findest, dass *SIE DEINE* Traumfrau ist?« »Hmm«, wurde Andi auf einmal ruhig und nachdenklich, »Ich trau mich aber nicht und jetzt will ich nicht mehr drüber reden!« Mit entschlossenem Blick schaute er den schnaufenden, sichtlich erschöpften Basti an und witterte seine Chance wie ein Raubtier, dass seine Beute müde gelaufen hatte. Und jetzt musste er nur noch mit einem letzten Sprint die Beute erlegen: »Wie findest Du denn eigentlich Laura?« Geschickt spielte er den Ball zurück, um Basti aus der Reserve zu locken. Laura war nämlich durchaus attraktiv. Andi war aufgefallen, dass Basti immer wenn sie sich zu viert trafen, oft mit Laura unterhielt und die beiden viel lachten. Basti war ebenfalls sichtlich getroffen, wurde augenblicklich still und sie liefen den Rest der Zeit nebeneinander auf ihren Laufbändern.

Lilly und Laura waren in der Wohnung beim Kaffee trinken. »Ach der Andi ist voll süß, er bringt mich immer zum Lachen. Er ist so nett und hilfsbereit. Bei ihm fühl ich mich immer im Mittelpunkt«, schwärmte Lilly. »Hast Du ihn schon geküsst?«, wollte Laura wissen! »Bist du verrückt? Wann denn? Ich doch nicht! Wenn, dann muss er mich küssen!« »Aber wenn du ihn noch nicht geküsst hast, dann weißt Du doch nicht, ob er der Richtige ist!«, warf Laura ihrer Freundin vor. Laura fuhr fort: »Ich habe schon viele geküsst und irgendwie war es meistens doof! Einmal, da stört dich der Kaugummi oder der Mundgeruch, ein anderes Mal ist er zu nass oder es fühlt sich so an, als ob du deinen Bruder küsst!« Laura war in dieser Sache ziemlich abgebrüht. »Also! Wie können wir das heraus finden?«, fragte Laura direkt und unverblümt! »Andi muss dich küssen!« »Das klingt so unromantisch, wenn du das so sagst!« »Ja, aber: ISSO!« Dabei betonte sie das ISSO so unumstößlich mit Nachdruck, um gar keinen Zweifel aufkommen zu lassen. So banal und eine Tatsache, wie es Tatsache ist, dass der Apfel am Baum nach unten fällt! »Willst Du es wissen oder nicht?«, löcherte Laura sie ganz energisch. »Willst Du mit Andi zusammenkommen, oder nicht?« Dann wartete sie. Laura konnte die Stille ganz gut ertragen und ausnutzen! »Ja schon!«, wurde Lilly leiser. »Aber ich will nicht so rational an die Sache ran gehen!«, versuchte Lilly eine Erklärung zu finden. Dabei sagte sie es aber mehr zu sich selbst als zu Laura. »Okay«, sagte Laura hämisch, »Nur, wenn wir mit Gefühl an die Sache ran gehen, habe ich so das Gefühl, dass gefühlt nichts passieren wird!« Laura war still und grinste vor sich hin. Die eine Wangenseite zeigte nach oben. Ihr Blick war auf Lilly gerichtet. Dann mussten beide Kichern. Lilly wusste in diesem Augenblick, dass Laura ernst machen würde. Und wenn sie nicht bald etwas unternehmen würde, dann würde Laura etwas unternehmen. Und das wollte sie nicht. Für Basti und Laura war es ein Leichtes, über Lilly und Andi zu reden. Beide kannten ihre jeweiligen Freunde nur zu gut. »Sag mal«, fragte Basti im Eiscafé an einem Zweiertisch sitzend, »warum sind Lilly und Andi noch nicht zusammen? Die passen doch perfekt zusammen, findest du nicht?« »Ja klar«, antwortete Laura prompt, zog an ihrem Trinkröhrchen und holte zur Antwort aus. »Aber dein Freund Andi muss den ersten Schritt machen! So ist das nun mal bei Lilly! Und irgendwie kommt der nicht aus dem Quark!« Sie zog erneut an ihrem Milchshake. Diese nüchterne Erklärung der Sachlage verblüffte Basti! Und obwohl sie gerade über Lilly und Andi redeten, war Basti noch verblüffter, als Laura wortlos ihren Milchshake zur Seite nahm, seine Kaffeetasse ebenfalls wegschob, dann beide Arme ausstreckte, Bastis Kopf seitlich mit ihren beiden Händen geschlossen nahm, sich an Basti ran drückte und ihn ohne zu zögern, wie aus dem Affekt heraus, einfach auf den Mund küsste. Das tat sie ein paar Sekunden, bis Basti diesen Kuss erwiderte. Erleichtert war Laura im hier und jetzt, ganz bei dem Kuss und sie schmeckte ihn und es fühlte sich gut an. Ihre Gedanken waren plötzlich im Highspeed Modus, wie bei einem DSL-Router und es schossen ihr viele Gedanken durch den Kopf. Sie merkte, dass zu allen ihren kategorisierten Kussvarianten noch eine weitere hinzukam: »Manisdasgeilunddertypküsstsogutdasichwilldasergarnichtmehraufhört!« Nach einiger Zeit ging Laura ein bisschen auf Abstand zu Basti, lehnte sich auf ihrem Stuhl zurück und sagte leicht von der Liebe beschwipst: »So in etwa! Verstehst Du?« Innerlich merkten beide, dass das der Wendepunkt in ihrer Beziehung war und das jetzt was Neues begonnen hatte.

»Sie hat mich geküsst!«, schwärmte Basti bis über beide Ohren mit Grinsen beschäftigt, als er Andi in der Kneipe traf. »Auf den Mund! Und es war so toll!« »Ja, Glückwunsch, du alter Glückspilz!«, gratulierte Andi, der nicht recht wusste, was er mit dieser Information anfangen sollte! »Ja, das hat sie aber nur gemacht, weil sie will, dass *DU* Lilly genauso küsst!«, behauptete Basti leicht naiv! »Vergiss es!«, wehrte Andi impulsiv ab. »Die hat das doch mit Absicht gemacht!«, wollte Andi abwiegeln. »Ja klar! Aber nur, um mir zu sagen, dass du den ersten Schritt machen sollst und Lilly küssen musst!« Andi wurde immer ruhiger und nachdenklicher! »Wahrscheinlich hast du Recht!«, wurde Andi kleinlaut. »Ich muss mir was überlegen, wie ich das einfädeln kann!«

An einem Samstagabend gingen alle vier zusammen auf eine Schlagerparty. Gekleidet wie in den 70ern mit Schlaghosen, enganliegenden Hemden und Plateau-schuhen standen Sie an der Tanzfläche. Alle vier hielten Ihre Cocktails in der Hand und starrten die Tanzfläche an, achteten auf die Discokugel, die Lichter und auf alle anderen Gäste, die mit ähnlichen Schlaghosen auf der Tanzfläche tanzten. Andi wollte die Situation auflockern und scherzte zu den anderen: »Hey, ich bin *A_ndi*, du bist *B_asti*« als er auf Basti zeigte, dann schaute er Lilly an. »Was mach mer jetzt mit dir?«, fragte er Lilly. »Bist du jetzt *B* oder *A*?« Und grinste dabei in die Runde. Doch seine Freunde schauten ihn nur ahnungslos und irritiert an. Sie konnten sich den Zusammenhang nicht erschließen. »Na, zusammen sind wir *ABBA*!«, brustete Andi die Lösung heraus! Dabei hob er sein Cocktailglas und grinste in die Runde. So unwiderstehlich, dass alle anderen ebenfalls zurück lachen mussten und ihre Gläser erhoben. »Aber ich will nicht *B* sein!«, entrüstete sich Laura nur halbherzig. Basti überlegte und johlte nach einem Schluck aus seinem Cocktailglas: »Die Realität sieht aber anders aus! Wir sind *B_asti*, *A_ndi*, *L_aura* und *L_illy*!

Wir sind *B_A_L_L*!« Alle schmissen sich vor Lachen und kriegten sich gar nicht mehr ein.»Kommt, lasst uns einen *BALL*-Abend haben!«, sagte Laura und schnappte sich Basti mit dem sie schon längst zusammen war, seitdem sie ihn zu Demonstrationszwecken küsste. Sie nahm ihn am Arm und zog ihn mit auf die Tanzfläche.»Ihr seid doch alle *BALL*a, *BALL*a!«, schrie Lilly im Spaß den anderen hinterher. »Wieso, das hier ist doch ein TanzBALL«, und Andi folgte mit Lilly ebenfalls auf die Tanzfläche. Sie tanzten, sprangen, hüpften, studierten Choreografien ein und lachten sehr viel. Gerade wurde Moskau von Dschingis Khan gespielt und Andi sang seine Lilly mit der Textzeile an: »Natascha, du bist schön!« Später mit »Ich traf sie irgendwo, allein in Mexiko, Anita«. Gefolgt von einem inbrünstigen »Du bist alles für mich, denn ich liebe nur dich, Micaela.« »Oh man«, bemerkte Andi völlig ernst gespielt zu Lilly, »Bei so vielen Namen weiß ich gar nicht, wie ich dich nennen soll!« Gleichzeitig machte er dabei eine künstlerische, dramaturgische Pause. »Bist du jetzt die Anita, die Micaela oder die Natascha?« Dabei brummte er den Namen Natascha so tief, dass sein ganzer Körper als Resonanzkörper diente. Er nahm Lillys Hand, legte sie auf seinen Brustkorb und wiederholte in dieser tiefen Stimme: »Natascha du bist schön!« Basti und Laura waren schon längst gegangen. Da beide so eng zusammen und alleine waren, konnten sie sich ganz tief in die Augen sehen. Wie zwei Magnete zogen sich ihre Lippen an und küssten sich! Und sie küssten sich lange! Lauras Ratschläge und Klassifizierungen waren zum Glück vergessen. Und es fühlte sich einfach nur richtig an. Die Musik um sie herum wurde immer dumpfer. Beide tanzten eng umschlungen und keiner sagte ein Wort. Sie lächelten sich nur an. Doch auch dafür hatten sie kaum Zeit. Die Magnete waren sehr stark und sie mussten sich ständig küssen. Den kurzen Blickkontakt hatten sie nur, weil sie ja auch mal Zeit zum Atmen brauchten.

Das Traumpaar

Am nächsten Morgen wachte Lilly noch vor Andi auf. Sie befanden sich in Andis Wohnung, und so nahm sie sich die Zeit, die Wohnung genauer anzusehen. Sie war zwar schon ein paar Mal bei Andi zu Besuch gewesen, meistens jedoch sind sie schnell weitergezogen. Doch jetzt war alles ganz anders. Sie war heute in dieser Wohnung aufgewacht. Mit ihm! Das gab ihr doch das Recht, sich mal die Wohnung genauer anzusehen, oder? Ihre Zweifel, ob sie alles richtig gemacht hatte, waren plötzlich wacher als sie selbst. Was ist, wenn das Ganze ein Fehler war, wenn Andi aufwachte und er und sie sich nichts zu erzählen hatten? Was, wenn Andi jetzt einen Rückzieher machte? Mit diesen Fragen in ihrem Kopf sah sie sich die einzelnen Zimmer an. Doch nach einer Weile war das Augenmerk so auf die Einrichtung der Zimmer fixiert, dass sie diese Fragen gar nicht mehr verfolgte.

In jedem Zimmer stand ein ausgemusterter Automat! In der Küche machte das ja noch Sinn. Die Getränke und der Joghurt waren in gekühlten Fächern untergebracht. Es gab nur ein Fenster zum Schieben, ohne Münzeinwurf. Und da dieser Automat eine Kühlung besaß, gab es in der Küche gar keinen Kühlschrank. Der Automat mit den vielen Fächern war quasi Andis Kühlschrank. Praktisch dachte sich Lilly. Man sieht immer direkt was noch im *Kühlschrank* ist. Sie drückte den Knopf und die dazugehörige Ebene drehte sich wie beim Glücksrad an ihr vorbei. Da Andi die ganze Zeit Junggeselle war, lagen nur wenige Dinge in den einzelnen Fächern. Eine einzelne Milchschnitte drehte einsam ihre Runden, bis Lilly völlig entzückt den Taster wieder los lies. Direkt daneben stand der Kaffeeautomat. Das war ein High-End-Gerät mit sämtlichen Kaffeevariationen. Lilly konnte nicht widerstehen und ließ sich einen Vanilla Latte Macchiato vom Automaten zubereiten. Dieses Surren und

Scheppern, und der hohe Druck beim Auspressen hatten allerdings zur Folge, dass Andi aufwachen musste. Mit der Tasse in der Hand spazierte sie weiter ins Wohnzimmer. Der Automat dort neben der Couch war mit Chips, Schokoladenriegel, Gummibärchen, Cola und Bier gefüllt! Er hatte alles, was man sich für einen perfekten Fernsehabend wünschte. »Aha, so sieht also männliche Romantik aus!«, amüsierte sich Lilly. Andi rief aus dem Schlafzimmer nach Lilly. Auf dem Weg dorthin antwortete sie ihm schon mit einem »Guten Morgen!« Dabei lief sie an einem - zum Kleiderschrank umgebauten - Automaten im Schlafzimmer vorbei. Hinter jeder Klappe lagen ein Paar Socken, eine Unterhose und ein T-Shirt. Insgesamt acht Fächer, sieben Fächer für eine komplette Woche und das achte Fach war leer. Da lagen gestern noch Kondome! »Und jetzt?«, erkundigte sich Lilly bei Andi ganz spitzbübisch: »Müssen wir jetzt eine Woche warten?«, und zeigte mit ihrem Blick auf das leere Fach. Sie warf sich gekonnt auf das Bett neben Andi, der mit zerzausten Haaren und faltigem Guten-Morgen-Gesicht da lag und die Decke ganz alleine für sich beanspruchte. Andi zog Lilly zu sich heran und lies sie unter die Bettdecke. Sie küssten sich und lachten. Andi nahm sie in den Arm und bettelte Lilly förmlich an: »Warum ziehst du nicht bei mir ein?« Eine kurze Zeit waren beide still. »Ich meine es ernst! Warum ziehst du nicht bei mir ein? Ich will jeden Morgen mit dir aufwachen! Es ist genug Platz da!«, sagte Andi in einem bestimmenden, vertrauenswürdigen Ton, der Lilly Sicherheit gab. Lilly lächelte verliebt wie ein Teenager und entgegnete nach einer Weile: »Hmm, ich kriege die Hälfte vom Automaten im Schlafzimmer! Und wir brauchen ein größeres Bett! Und die Kondome werden versteckt! Wir werden die nicht so offen präsentieren!« Lilly hatte immer noch dieses engelsgleiche Lächeln im Gesicht, so dass Andi mit allem einverstanden sein musste. Alle Zweifel von Lilly waren wie weggefegt. Beim gemeinsamen Frühstück lachten, küssten und redeten die beiden ausgiebig und viel.

Tatsächlich waren nur zwei Wochen vergangen, bis die beiden wirklich zusammenzogen. Erstaunlicherweise hatte Lilly gar nicht so viele Umzugskartons zum Verstauen. Insgesamt waren es sieben Kartons, von denen vier Kartons mit Klamotten voll waren. Mehr nicht! Lilly brachte jede Menge Kühlschrankmagnete mit. Die hängte sie zusammen mit Andi an die Außenseite der Automaten. Darunter waren jede Menge Magnete aus Städten anderer Ländern die Lilly schon bereist hatte. »Siehste«, begeisterte sich Andi über den Magneten aus Sulzfeld am Main. »Ich würde in jeden Automaten einen Stadtmagneten rein tun. Dann weiß man immer, wo man ist!«, wollte Andi die Zustimmung von Lilly haben. »Besser noch, nimm einen dünnen, biegsamen Magneten und bringe ihn an einer Getränkedose an. Dann weiß der Kunde, wo er die Dose gekauft hat!« Lilly konnte so herrlich mit spinnen. Zu allen ihren Magneten gab es eine Geschichte. Andi spürte das und wollte unbedingt Magnete im Verkaufsautomaten haben. Aber er wusste ganz genau, wie sein Chef reagieren würde. Da hatte er den tollen Gedanken für seinen Magneten: »Solange mein Chef so tut, als ob er mich ordentlich bezahlt, so lange tue ich so, als würde ich ordentlich arbeiten.« Es waren so tolle Sprüche unter Lillys Magneten dabei, dass Andi paarmal richtig herzhaft lachen musste. »Gestern war hier noch aufgeräumt, schade, dass du es verpasst hast« »Bevor ich mich aufrege, ist es mir lieber egal!« oder »Ich hab' meine Ernährung umgestellt! Die Schokolade steht jetzt links vom Laptop!« All diese Magnete zeigten Lillys Humor. Den Andi durchaus teilen konnte. »Das ist mein absoluter Lieblingsmagnet!«, sagte Lilly stolz und verdeckte die Vorderseite, in dem sie den Magneten mit beiden Händen an ihre Brust hielt und dabei wie ein kleines Mädchen kicherte. Sie drehte den Magneten um, hielt ihn direkt vor Andis Nase und sagte gleichzeitig den Satz laut, so dass Andi den Spruch hören und sehen konnte! »Das Leben ist zu kurz für Knäckebrot!« »Boa ey, das ist voll krass korrekt! Krasses Knäckebrot, Bro!« platzte Andi mit einem gewissen naiven Erstaunen heraus und verstellte dabei seine Stimme mit ausländischem Dialekt. »Welche Träume hast Du denn im Leben?« Lilly wurde etwas leiser und ernster! »Was willst du machen? Welche verrückten Sachen wollen wir noch machen, bevor wir alt sind?«, löcherte Lilly ihren Andi. »Im Ernst! Ich will Familie! Mit vielen Kindern! Einen Mann, der sich um die Kinder kümmert und da ist, wenn die Kinder in der Schule etwas aufführen!« »Und ich baue das Haus dazu!«, grinste Andi. »Wir haben viel Geld, wohnen auf dem Land im Grünen und Fahren zweimal im Jahr in den Urlaub.« »Hast Du im Lotto gewonnen?«, will Lilly etwas skeptisch wissen. »Nee, ich bin selbstständig und verdiene genug Geld!«, sagte Andi mit einem gewissen Siegerlächeln. »Ach«, sagte Lilly etwas abfällig, »Selbstständig! Dann arbeitest du immer selbst und ständig!« Kurze Stille, bis sie weiterredete: »Dann bist du nie da, weil du immer am Arbeiten bist!« »Nö, ich lasse arbeiten!« »Und wann?« wurde Lilly schnippisch, »wenn unsere Kinder Volljährig und außer Haus sind?« Andi schaute Lilly eine ganze Weile still, mit schief gehaltenem Kopf und einem zugekniffenen Auge an. Dann fingen beide zu lachen an. »Egal, komm' lass und tanzen und verrückte Sachen machen! Wir leben jetzt! Wir sind hier! Wir sind zusammen! Das Leben ist zu kurz für Knäckebrot!« Beide wurden ganz euphorisch! Lilly malte auf ein DIN A4 Papier eine Discokugel und hing diesen Zettel an den Spiegel im Flur. Darauf stand in großen Buchstaben geschrieben: *TANZ FLUR!* »Wir nix englisch, wir können auch deutsch!« Beide grinsten, dann tanzten sie, lachten und erzählten sich Geschichten, die ganze Nacht! Herrlich so jung und unbeschwert zu sein! Sie tanzten um die Umzugskartons herum und es war ihr Tanzflur. Sie waren die Stars des Abends. Ihnen gehörte die Showbühne, die unter dem Motto stand: »Das Leben ist zu kurz für Knäckebrot!«

Track 3: Zu kurz für Knäckebrot

Die Tasche ist gepackt, komm lass uns gehn! Wir lassen alles liegen, lassen alles stehn! Ich spiel für dich den Geist in der Geisterbahn und schleich mich an dich von hinten an! Das Popcorn fliegt, der Schrei ist grell! Wir fahrn mit Autoskootern ins Hotel! Heißes Rennen, wir werden geblitzt! Mal sehen, wer als Erster an der Hotelbar sitzt!

Wir leben unsre Träume lieber jetzt! Komm lass uns tanzen bis zum Morgenrot! Das Leben ist zu kurz für Knäckebrot! Das Leben ist zu kurz für Knäckebrot!

Cocktail schlürfen, während ich mit dir sitze. Was wir alles dürfen, du verpackst es in Witze! Komm' schnell, wir haben keine Zeit! Die Limousine steht für uns bereit! Sie bringt uns in den Club, der angesagt ist! Du weißt noch nicht, dass du der DJ bist! Du spürst den Beat und fühlst dich so frei! Alle feiern, tanzen und haben Spaß dabei!

Für unsre Träume wurde das Beamen erfunden, damit können wir die Welt umrunden! Am Morgen, wir wachen auf und alles ist gut! Am Boulevard in Hollywood! Ein Agent sieht uns sitzen, kommt auf uns zu! Er fragt uns freundlich »How do you do? Bevor wir verstehn und es kapieren, drehen wir ein Video mit Ed Sheeran!

Und haben wir im Alltag Bock auf Rock, dann tanzen wir Zuhause in Birkenstock! Und wenn nicht alle Träume in Erfüllung gehn! Scheißegal, lass die Liste stehn! Da kommt schon wieder ein Traum ums Eck, die Zeit ist jetzt sonst ist er weg. Lass uns jetzt die Sachen machen, über die wir morgen lachen! Lass uns jetzt die Träume leben, die dem Leben Farbe geben.

Der Antrag

Als Andi mal wieder mit Basti in seiner Stammkneipe saß und die Bedienung betrachtete, wie sie gerade auf ihrem Smartphone herumtippte, wollte er Bastis Meinung hören: »Was glaubst Du, wem die gerade schreibt?« »Keine Ahnung, die schreibt ihrem Freund, dass sie heute Abend Sex haben will!« »Nie und nimmer!«, entgegnete Basti völlig überzeugt. »Die schreibt gerade einer Freundin und die lästern über einen Typen!« »Ach, vergiss es! Die schickt gerade ihrem Freund eine Liste, was er morgen alles vom Supermarkt besorgen muss!«

Als sie sich die Sprüche so hin und her schoben, wurde Andi plötzlich ernst und meinte zu Basti: »Ist es nicht schön, jemanden zu haben, dem man solche Nachrichten schreiben kann?« »Wieso? Haben wir doch!«, antwortete Basti nicht kapierend, was Andi eigentlich sagen wollte. »Ja, aber was Festes, verbindliches, was Ernstes!« Andi wurde wehmütig und sprach ernsthaft zu Basti: »Ich werde Lilly heiraten!« »Ja klar doch, irgendwann!«, sagte Basti nicht verwundert, »Ihr seid schließlich füreinander bestimmt!«, wurde Basti ganz ernst. »Nee, nicht irgendwann, jetzt!« gab Andi mit Nachdruck zu bedenken. Worauf sollen wir denn warten?« sagte Andi direkt ins Gesicht von Basti. »Ich werde ihr so bald wie es geht einen Heiratsantrag machen. Und du bist Ruhig, sagst kein Wort zu Laura, verstanden!« »Das ist unser Geheimnis! Und Andi meinte es verdammt ernst.«

Die ganze Nacht lag er wach und grübelte wie, wann, wo er unbemerkt seine Lilly überraschen konnte. Öffentlich oder privat? Alleine oder mit Freunden, die er dann einweihen musste? Als allererstes besorgte er gleich am nächsten Tag den Verlobungsring. Das war schon mal ein guter Start, da wusste Andi, dass er nichts falsch machen konnte. Im war klar, dass es doch nur privat am besten funktionieren würde und jetzt müsse es schnell gehen. Denn irgendwann würde es aus Andi herausplatzen und er würde sich verplappern. Bevor Lilly am Abend nach Hause kam, nahm er den Ring und versteckte ihn im Cola-Fach. Er machte zuvor ein Foto von dem Fach, mit einer gefüllten Cola Flasche. Das Foto druckte er aus und klebte es hinter die Glasscheibe des Faches. Es sah täuschend echt aus, so dass Andi alleine bei dem Gedanken in sich hinein grinsen musste. Dahinter lag er, der Ring auf einem Kissen, mit einem kleinen Schildchen, worauf stand: »Bitte sag ja!« Mindestens zehnmal probierte Andi die Klappe aus und jedes mal musste er ein bisschen mehr lächeln.

Als Lilly nach Hause kam, völlig fertig von der Arbeit, hatte Andi schon das Abendessen vorbereitet. Es roch schon nach dem Chili con Carne, dass Andi bereits seit zwei Stunden auf dem Herd köcheln ließ. Die Lichter waren gedimmt und die Musik lief ganz leise im Hintergrund in jedem Zimmer. Andi hatte bereits bei Einzug in die Wohnung alle Zimmer mit Bluetooth Boxen ausgestattet. Denn Musik war Andi sehr wichtig, auch bei der Musikauswahl überließ er nichts dem Zufall. Er rief aus dem Schlafzimmer: »Schatz, das Essen ist schon fertig! Es gibt Chili con Carne. Also ich will dazu eine Cola! Kannst Du mir eine aus dem Automaten holen?« Er nahm aus dem Eck die Champagnerflasche, den Blumenstrauß mit farbenprächtigen Lilien und wartete bis seine Lilly aus der Küche ein eindeutiges Zeichen von sich gab. Lilly war eine Weile in der Küche und es war verdächtig Ruhig. Andi machte sich schon Gedanken, ob das Fach klemmt. Doch da kam er, der Schrei: »Oh mein Gott!«, rief Lilly so inbrünstig und doch so hoch und schrill, »du bist verrückt!«, dabei überschlug sich ihre Stimme. Sie rannte aus der Küche ins Wohnzimmer. Dort hatte sich Andi bereits neben dem Esstisch positioniert. Lilly hatte den Ring bereits am Finger, sie hatte nur noch Augen für den Ring. Mit ausgestrecktem Arm fixierte sie nur den Ring an ihrer Hand. Sie schmiss Andi förmlich mit ihrem Schwung zu

Boden. Die Blumen flogen in hohem Bogen weg und die Champagnerflasche konnte Andi gerade noch auf dem Esstisch abstellen, bevor er sich über dem Laminatboden ausgebreitet hätte. Wie sie so am Boden lagen, küsste sie ihren Andi euphorisch und immer wieder sagte sie ständig nur: »JA, JA, JA!« Dann küsste sie ihn wieder und wieder und kicherte: »Ich will!« Irgendwelche Wortfetzen wie verrückter Kerl, so süß von Dir, du bist der Beste, Wahnsinn, Lieb dich, stammelte sie so vor sich hin, es mehr zu sich selbst sagend, als zu Andi. Sie war so glücklich und überdreht. Andi war ebenfalls dermaßen glücklich und überfordert, dass er verdutzt mit einstimmte: »Ja, ich will«, obwohl er ja den Antrag machte. Sie turtelten noch stundenlang so weiter, tranken den Champagner, redeten viel und erst als die Champagnerflasche leer war, merkten sie, dass sie noch gar nichts gegessen hatten. So ging es mit Kerzenschein, guter Musik und einem tollen Essen noch stundenlang am Esstisch weiter und sie tranken noch das eine oder andere Glas Rotwein zusammen.

Bereits am nächsten Tag wurden alle informiert. Basti wurde der Trauzeuge von Andi, das war klar. Laura die Trauzeugin von Lilly. Das war ebenfalls klar. Es war eine schöne, unbeschwerte Zeit. Das Bewusstsein, bald verheiratet zu sein, verlieh den beiden ungeahnte Kräfte. Es machte Spaß zu träumen. Lilly hatte einen Vorschlag und fing an: »Wir heiraten wie in *Vier Hochzeiten und ein Todesfall* im englischen Stil.« »Vergiss es! Wir laden die Gäste an den weißen Sandstrand von Hawaii ein und haben den blauen Himmel über uns und wir tragen alle Hawaii-Hemden.« »Oder wir gehen auf Kreuzfahrt und der Kapitän traut uns!« »Ach, wie der Florian Silbereisen im Fernsehen, oder was?«, kommentierte Andi mit leichter Verachtung. »Und dann brenne ich mit Jennifer Lopez, der Hochzeitsplanerin, durch?« »Blödmann, natürlich nicht!«, sagte Lilly und stupste Andi leicht an. »Ich bin die Braut, die sich nicht traut, und du bist der Bräutigam, der es vielleicht schafft, mich vor den Traualtar zu bekommen. Und vielleicht bekommst Du ein Ja zu hören.« Das sagte sie mit einem so unwiderstehlichen Charme und einem Fotomodel Lächeln und schon wieder nahm sie die Rolle von Julia Roberts ein und es klang in der Tat so, als ob sie mit Richard Gere sprechen würde. Sie stand da, neigte ihren Kopf leicht zur Seite, war einfach nur still und lächelte. Andi stutze, äußerte sich aber nicht dazu. Schließlich wurde Lillys stummes Lächeln ein kleines unscheinbares Glucksen. Es entwickelte sich dann weiter und weiter zu einem unterdrückten Lachen, bis es schließlich aus ihr herausplatzte und sie ganz lautstark lachen musste. Dabei strengte sie sich körperlich richtig an und schnappte nach Luft. Andi war immer noch misstrauisch, aber auch seine Mundwinkel gingen langsam nach oben. Zeitgleich mit Lilly ging sein stummes Starren, in ein freundliches, gütiges Grinsen über und endete dann in einer Lachattacke. Beide warfen sich auf die Couch und lachten noch lange weiter.

Sie einigten sich dann doch, in der Kirche um die Ecke zu heiraten. Das war halt praktischer und kostengünstiger als alle anderen Optionen. Und schon alleine wegen Frau Lopez war beiden klar, dass es keinen Wedding Planer geben wird! Weder weiblich noch männlich!

Die Hochzeit

Die Hochzeit wurde größtenteils von den beiden selbst organisiert. Wenn sie mal nicht weiter wussten hatten beide den Running Gag parat: „Wart' mal kurz, ich ruf Frau Lopez an!" sagten sie und hielten dabei die leere Hand so ans Ohr als ob sie telefonieren würden und dann ging es mit einem lächeln weiter. Die Einladungen wurden verteilt, der Festsaal gebucht, Band, Buffet, Pfarrer und Kirche, alles organisiert. Es machte riesig Spaß die potentiellen Bands zuvor Live zu sehen. Denn nur so konnten sie Musikrichtung, Spaß und Stimmung spüren. Oder die unzählien Caterer, die mit kleinen Kostproben das Brautpaar für sich gewinnen wollten. Der Hochzeitsfotograf war schnell gefunden, da er der Bruder von Laura war und so einige Hochzeiten bereits fotografiert hatte. Das war perfekt, da die beiden Trauzeugen zusammen den Fotografen informieren konnten, was wann wie an dem Tag geschieht. So sollte es auch ein „Getting Ready Shooting" geben und da die Hochzeit erst am Nachmittag war, blieb am Morgen ein Zeitfenster für die gemeinsamen Brautpaarfotos. Was sich als sehr vorteilhaft für unsere beiden Brautmodells herausstellte.

Andi wollte es sich nicht nehmen lassen, für seine Lilly ein Lied zu singen. Es musst sich ja schließlich gelohnt haben, dass er als Junge Gitarrenunterricht nahm. Und er hatte dabei auch wirklich Talent und singen konnte er auch. Er hatte wirklich mal überlegt Musiker zu werden, verspürte dazu auch Ambitionen. Mehrere Schülerbands gaben ihm die Bühnenerfahrung doch waren da auch ständig die Stimmen von außen, die ihm sagten er solle endlich erwachsen werden und einen anständigen Beruf erlernen.

Die Kirche war viel zu klein für die Anzahl an geladenen Gästen. Familien, Freunde, Nachbarn, alle waren gekommen und quetschten sich in die viel zu kleine Kirche. Völlig klischeehaft saßen die älteren Damen mit ihren gezückten Taschentüchern, die Männer beschäftigten sich mit ihren Smartphones während Babys blubberten und kleine Kinder plapperten. Andi stand mit Basti am Traualtar als Lilly mit Laura in ihrem wunderhübschen weißen, wallenden Brautkleid auf die beiden zukam. In dem Moment fühlte es sich richtig an, denn zuvor gab es viel Ärger und Unstimmigkeit in der Familie von Lilly, was letztendlich dazu führte, dass von ihrer Familie nur die Mutter - ohne Lebensgefährte - zur Hochzeit erschien. Lilly hatte es sich immer gewünscht, von ihrem Vater zum Traualtar geführt zu werden. Doch der Streit zwischen Mutter und Vater machte das alles zunichte. Lilly war sehr schlank, denn durch die belastende Situation und den Stress bis zur Hochzeit hatte sie vier Kilo abgenommen. Sie kämpfte schon die ganze Zeit mit den Tränen, wollte sie aber eigentlich verbergen. Doch als sie die vielen bekannten Gesichter sah, kullerte das eine und das andere Tränchen ihre Wange herunter. Nach der offiziellen Begrüßung durch den Pfarrer sang Andi ein Lied für seine Lilly. Als Andi dann mit seinem schwarzen Anzug und seiner Gitarre vor ihr stand, konnte sie kaum noch innehalten. Er zupfte auf seiner Akustikgitarre die ersten Akkorde und begann mit brüchiger Stimme zu singen.

Track 4: Sing Deine Melodie

Sing deine Melodie, denn so singst sie nur du. Und ist die Welt zu laut, egal, ich hör' dir zu!

Ich schließ' die Augen und achte auf den Klang, deine Stimme mal laut, mal leise! Du verzauberst mich mit deinem Gesang, nimmst mich mit auf deine Reise! Sing deine Melodie, denn so singst sie nur du! Und ist die Welt zu laut! Egal, ich hör' dir zu!

Deine Worte treffen mitten ins Herz! Hab Bilder im Kopf und Gänsehaut! Erzeugst in mir Freude und Schmerz! Gefühle hätte ich mir nie zugetraut!

Ich spüre dein inneres Strahlen, jedes deiner Worte so echt gefühlt! Du hast was zu erzählen! Hast mich so oft aufgewühlt!

Du stehst mir gegenüber, deine Augen strahlen mich an! Und geht der Moment vorüber, bitte, denk immer daran!

Nachdem sie ihren Tränen freien Lauf gelassen hatte, begann Lilly sich schnell wieder zu fassen. Mit diesen leicht verheulten Augen und dem Strahlen im Gesicht war sie für Andi die schönste Frau auf diesem Planeten. Die ganze Kirche war verstummt, die Kinder machten keinen Mucks und der eine oder andere Gast musste mit den Tränen kämpfen. Es folgte ein dreißigsekündiger Kuss und die Gäste applaudierten.

Nach der Kirche stand ein Transporter auf dem Kirchplatz, das Heckteil zum Kirchenausgang. Beide Türen waren geöffnet. Andi hatte den Transporter von seiner Firma ausgeliehen, mit dem sie normalerweise die Automaten auslieferten. Die hintere Türe hatten Laura und Basti von Innen mit einer großen Papierrolle verklebt. Auf dieser Papierfläche war ein riesengroßes rotes Herz aufgemalt. Es trug die Aufschrift Lilly und Andi. Das galt es zu durchschreiten. Andi, der trotz der schmächtigen Figur ziemlich kräftig war, nahm seine Lilly auf beide Arme. Sie umschlang seinen Hals und er trug sie die drei Stufen den Transporter hinauf. Mit einem kräftigen Fußballerkick trat er gegen das Papier und es zerfetzte. Lilly half mit den Händen mit, das Papier weg zu reisen. So konnten die beiden in das Innere sehen. Basti hatte zusammen mit Laura in mühevoller Kleinarbeit den Sprinter ausgeräumt, gesäubert und ein komplettes 90 Zentimeter Bett in die Ladefläche hineingestellt, mit roten Herzförmigen Kissen und einer Kuscheldecke, die sofort zum reinkuscheln eingeladen hat. Mehr braucht es nicht für jung Verliebte! Ein Teppich befand sich auf dem Boden, und Bilder an den Wänden. Einen Campingkühlschrank für den Champagner hatten sie ebenfalls eingebaut und eine Lichterkette mit wechselndem Farbenspiel. Einen Nachttisch links und einen rechts. Alles passte perfekt in die Ladefläche. Als die Gäste das sahen, gab es jede Menge Gejohle und Gelächter. Alle applaudierten und Andi drehte sich mit Lilly auf den Armen zu den Gästen. Andi genoss sichtlich die Szene mit einem süffisanten Grinsen. Er hatte fast die Anmut eines Steinzeitmannes, der soeben seine Beute erlegt hatte und jetzt mit in seine Höhle nahm. Lilly auf seinen Armen, hatte noch immer ihren Brautstrauß in der Hand. Sie schmiss diesen hoch in die Luft in Richtung Brautjungfern, die mit viel Gekicher und Geschrei der Fängerin applaudierten. Dann, mit einem kräftigen Schubs, schmiss Andi seine Lilly auf das Bett und machte die Tür von innen zu. Auf der Außenseite der Tür stand *Just married*. Andi schlug dreimal mit seiner Faust gegen die Wand. Das war das Zeichen für Basti, dem Fahrer, den Motor zu starten und hupend loszufahren.

So hatten die beiden während der Fahrt Zeit für ein Gläschen Champagner und sie konnten gemütlich im Bett liegen. Denn die Fahrt ging eine Weile zu einem Landgut Weinhof. Basti fuhr eine extra lange Route, er hatte ja seine Laura auf dem Beifahrersitz und die Order, nicht zu früh dort aufzuschlagen, damit die Gäste alle nacheinander eintrudeln konnten. So kamen die vier wirklich erst, als die Gäste bereits eingetroffen waren. So konnten sie direkt mit dem Sektempfang starten.

Der Tag verlief reibungslos, keine Pannen, nur positive Erlebnisse und Eindrücke, jede Menge Geschenke, viel zu viel zu Essen, Party und Spaß. Das angegliederte Hotel machte es den Hochzeitsgästen auch sehr einfach, mal nicht auf den Alkohol zu achten und die Frage, wer fährt heim, wurde erst gar nicht gestellt. So feierte die Hochzeitsgesellschaft fröhlich und beschwingt bis in die frühen Morgenstunden des nächsten Tags.

Die Zeit zu zweit

Nach den Flitterwochen kam Andi wieder in die Firma. Alles war beim Alten. Der Chef war schlecht gelaunt, die Witze der Arbeitskollegen waren schlecht und seine Bezahlung war so schlecht, wie die Witze seines Chefs. Doch wenn wir schon bei schlechten Witzen waren, sein Chef hatte für Andi immer einen Standardwitz auf Lager. Am Schluss einer jeden Begegnung befahl er Andi lieber zu arbeiten, als hier noch ewig rum zu reden: »Andi Arbeit!« Keiner konnte mehr darüber lachen.

Auf dem Weg zum Firmenparkplatz frotzelten die Arbeitskollegen, »Hey, Andi, jetzt bist du ja verheiratet! Da brauchste ja keine Kondomautomaten mehr zu befüllen!« Die Kollegen kicherten wie kleine Schuljungs. »Nee, der Andi kümmert sich jetzt viel lieber um den Automaten vor der Drogerie!«, scherzte ein Kollege ganz laut. »Da kann er dann Babybrei und Windeln nachfüllen!« Das Gelächter war auf einmal so laut, wie aus einer voll besetzten Kneipe. Das ärgerte Andi maßlos. Diesen Vorschlag hatte er tatsächlich seinem Chef unterbreitet. Jeder Drogeriemarkt sollte vor seinem Geschäft einen Notfallautomaten haben. Sonntags und in der Nacht kann er so den gestressten Eltern von Babys mit Babybrei, Folgemilch, Windeln, Beißringen und allem anderen Linderung verschaffen. Leider hatte er diese Idee einem Kollegen erzählt. Der wiederum erzählte es allen anderen und die zogen ihn bei jeder Gelegenheit damit auf. Was ihn am meisten ärgerte war, dass er noch immer an diese Idee glaubte und fest davon überzeugt war, dass dieses Konzept funktionieren würde.

Andi nervte das alles fürchterlich. Allerdings war es ja nur der Morgen beim gemeinsamen Arbeitsbeginn. Danach war Andi alleine in seinem Firmenfahrzeug unterwegs, um Automaten zu befüllen und sie zu reparieren.

An einem Abend fuhr Andi nach Hause und stellte den Wagen in die Tiefgarage. Er schlug die Autotür zu, eilte wie ein Besessener auf den Aufzug zu, drückte ungeduldig den Fahrknopf und konnte die Ankunft kaum erwarten. »Mein Gott, heut' noch!«, sagte Andi laut. Aber zum Glück war kein anderer in der Nähe. Die Tür seiner Wohnung im dritten Stock schloss er hastig auf und ebenso hastig, mit einem lauten Knall, viel die Tür auch wieder zu. »Hallo Schatz!«, freute sich Lilly und rief aus der Küche: »Ich hab' Lasagne gemacht! Ich denke in zehn Minuten können wir essen!« Dabei klang der letzte Satz so fröhlich und die Stimme von Lilly ging nach oben, fast schon singend. Von Andi kam keine Reaktion. Er sagte einfach nichts. Er hatte diesen stieren Blick, der unmissverständlich sagte: »Lass mir fei blos mei Ruh'!« Andi ging in die Küche, nahm sich ein Bier aus dem Automaten und genoss den ersten Schluck schweigend. Lilly merkte sofort, dass Andi angefressen war. Sie ging auf ihn zu, kraulte ihm das Haar und gab ihm einen dicken Kuss auf den Mund. »Erzählst Du mir beim Abendessen, was dich so ärgert?« Sie fragte das mit einem so eindringlichen, liebevollen Ton, dass Andi gar nicht anders konnte, als ihr in die Augen zu schauen. Da war es wieder, das unwiderstehliche Lächeln von Lilly. Es verhalf ihm zu besserer Laune und er verspürte, wie in seinen Mundwinkeln eine leichte Bewegung nach oben entstand. Beide setzten sich an den Küchentisch, aßen Lasagne und tranken Rotwein dazu und Andi erzählte von all seinem Ärger, über die Kollegen und dem Chef. »Der Alte will einfach nicht auf mich hören!«, brach es aus Andi heraus. »Alle meine Vorschläge findet er doof! Der gibt sein ganzes Geld im Spielcasino aus, anstatt in die Firma zu investieren! Ich warte schon seit drei Jahren darauf, dass er mir mehr Geld gibt!« Andi stockte für einen Moment, dann redete er weiter drauf los. »Ich will eine eigene Firma gründen! Ich will Automatenaufsteller werden und nicht immer nur Automatenbefüller sein! Mein Chef nervt mich und ich will mehr Geld verdienen.

Was der kann, kann ich schon lange!« »Und, wie willst du das machen?«, wollte Lilly wissen. »Kriegen wir Geld von der Bank?« Andi war gefrustet, aber Lilly verstand es ihm durch Zuhören und Verständnis auf den Boden zurück zu holen. Lilly war ihm wohlgesonnen und unterstütze ihn, wo immer es ging. Doch sie wollte Sicherheit, denn am liebsten würde sie heute noch eine fünfköpfige Familie gründen. Sie wollte eine harmonische Familie haben mit lauter wuselnden Kindern um sie herum. »Andi, mein Gehalt als Krankenschwester reicht nicht, dass wir uns diese Wohnung leisten können!«, gab Lilly zu bedenken. »Schau mal, du hast doch einen sicheren Job und ein geregeltes Einkommen!« »Ja klar, aber ich will für unsere Kinder ein eigenes Haus haben. Ich will endlich mehr Geld verdienen!« Den Ernst in seinem Blick verstand Lilly. »Klar versteh ich das, aber ich will auch, dass du Zeit für unsere Kinder hast und nicht immer ständig weg bist! Ich will, dass du Zeit für mich und unsere Freunde hast!«, bemerkte Lilly in einem fast schon moderierenden Ton. »Und wenn du Selbstständig bist, dann hast du diese Zeit nicht!«, gab sie zu bedenken. »Aber jetzt hab ich auch keinen Spaß und überhaupt keine Lust, Freunde zu treffen!«, korrigierte er seine Frau. Das war Lilly allerdings in letzter Zeit auch aufgefallen. »Ich merk' das!«, seufzte Lilly, »und ich will doch nicht mit dir streiten«, sagte sie absolut ernst, nahm ihr Weinglas und trank mehrere große Schlücke daraus. Andi nahm ebenfalls einen großen Schluck und merkte, wie der Wein langsam seine Wirkung zeigte. Mit jedem Satz wurde auch er sentimentaler und säuselte: »Ich liebe dich doch meine Prinzessin!« »Klar, das weiß ich doch, mein Hase!«, säuselte Lilly zurück. »Du bist doch Beste, Bester, was Frau, was einer Frau, na, passiert!«, sie macht eine Pause »ähm, passieren kann!« Andi konterte: »Jetzt war dein Satzbau aber nicht mehr völlig korrekt!« Lilly überhörte das mit Fleiß. Sie redete munter weiter. Hier und da war ein falscher Satzbau, oder ein fehlendes Wort. Nach einer

Weile stellte Lilly verblüfft fest: »Oh man, ich rede wirklich keine sinnvollen Sätze mehr!» Postwendend kam Andi mit einer Antwort um die Ecke:»Und? Wer hat's zuerst gemerkt?«, schaute dabei Lilly ganz fest an und grinste wie verrückt. Beide sahen sich an und fingen ganz lautstark zu lachen an und kriegten sich nicht mehr ein. Sie lachten sehr viel an diesem Abend und gingen beschwipst und glücklich ins Bett.

Das funktionierte leider nicht immer. Lilly musste des Öfteren den Nachtdienst als Krankenschwester übernehmen, weshalb sie und Andi sich häufiger nicht sahen. Andi traf sich dann mit Basti in der Kneipe auf ein paar Biere. Es war gerade erst mal zehn Monate her, als die beiden heirateten. Und jetzt? Streit und schlechte Stimmung! Zunehmend fiel das gemeinsame Abendessen aus, da Andi völlig gefrustet sich mit Basti in seiner Stammkneipe traf und mehr als nur ein Bier trank. Darunter litt Lilly, die sich dann mit Laura traf und den Kummer bequatschte. Ebenso führten Andi und Basti Männergespräche, die leider nicht zielführend waren. Die rutschen dann aber hin und wieder in die Kategorie Flachwitz ab, wenn Basti z.B. sinnierte, was Lilly und Andi mit Cola und Bier gemeinsam hätten! »Na, wenn die beiden zusammenkommen, dann Cola-Biert alles!« Damit war aber den beiden in ihrer Liebesbeziehung nicht wirklich geholfen.

Eines Tages kam Andi nach Hause, völlig auf 180 und schrie zu Lilly:»So, jetzt ist es passiert! Dem Deppen hab' ich die Meinung gesagt! Ich hab' gekündigt!« »Du hast was?«, fuhr Lilly aus der Haut. »Wie kannst Du das machen, ohne vorher mit mir zu reden?« »Ich tue was ich will, und außerdem mach ich mich selbstständig! Jetzt ist es für mich ganz klar!« »Wie sollen wir denn unsere Miete bezahlen und die ganzen laufenden Kosten decken?« So sauer hatte Andi Lilly noch nie erlebt. In ihren Augen war das unüberlegt, völlig überzogen und total kindisch. In solche Entscheidungen, die sie beide betrafen, wollte sie mit einbezogen werden. Das machte sie ihrem Andi unverblümt klar. Dieses Mal hatte sie die Tür hinter sich zugeschmissen. Sie lief in irgendwelchen Straßen ziellos umher, hatte ihr Smartphone in der Hand, schaute immer wieder darauf. Keine Nachricht von Andi. Sie wollte Andi nicht schreiben, diesmal sollte er sich melden. Schwermütig und mit abwesendem Blick ging sie zurück in die Wohnung, doch die war leer. Kein Brief, keine Nachricht auf dem Smartphone. Enttäuscht und weinend ging Lilly ins Bett und konnte nur schwer einschlafen.

Andi saß in seiner Stammkneipe und vor ihm ein Bier. Er war die ganze Zeit dort. Basti kam mal auf ein Bier vorbei. Dann ging er auch wieder. Denn Basti musste selbst schauen, wie seine Beziehung zu Laura stabil blieb. Und er musste Laura auch gute Gründe nennen, warum er sich in letzter Zeit so oft mit Andi traf. Andi saß immer noch alleine da, hatte diesen trüben Blick, der in die Ferne schweifte. Er saß da, bis alle Gäste gegangen waren und der Lokalbesitzer ihn am Schluss freundlich rausschmeißen musste. So schlich er sich spät in der Nacht zurück in die Wohnung und schlief auf der Couch.

Track 5: Ich seh' unsre Liebe falln

Die Zeit zu zweit so wertvoll, floss sie einfach so dahin! Ohne Liebe, und damit ohne Sinn! Aus dem Blick verlorn, ohne es zu erfassen! Sag mal, siehst Du mich noch?

Ich seh' unsre Liebe falln, jeden Tag ein Stückchen mehr! Wollen oder können wir nichts dagegen tun? Ich lieb dich immer noch so sehr, jeden Tag ein Stückchen mehr! Ich seh' unsre Liebe falln!

Nie den Schlussstrich gezogen. Die Vergangenheit längst abgehakt! In deinem Herzen sind die Koffer längst schon gepackt! Zu eng der Raum, die Gefühle zerrinnen. Der erste Schritt, wer fängt an, wer macht mit?

Wollen oder könnenwir nichts dagegen tun?

Die Geschäftsidee

Andi saß mit Basti am Tisch in dessen Küche. »Ich brauche doch nur deinen Lieferwagen, wenn ich beim Kunden einen Automaten aufstellen muss!«, versprach Andi. »Aber der Lieferwagen gehört meiner Mutter!«, entgegnete Basti. Seine Mutter hatte einen Lieferwagen, da sie zweimal die Woche das frisch geerntete Gemüse auf dem Markt verkaufte. »Der steht doch die ganze Zeit nur rum!«, fuhr Andi ihn an. »Ich mach' den Lieferwagen sauber, wir kleben ein Magnetschild an die Seite des Lieferwagens und du hilfst mir, den Automaten aufzustellen. Befüllen kann ich den dann alleine.« Es klang alles so vernünftig und Basti konnte noch nie seinem Freund Andi irgendetwas ausschlagen. »Na gut, ich rede mit meiner Mutter!« »Danke, mein Freund«, strahlte Andi seinen alten Kumpel Basti an. »Ich muss jetzt aber los, sonst komme ich zu spät ins Freibad!«, erschrak sich Andi als er auf die Uhr schaute. Andi hatte einen Job als Aushilfsbademeister im Freibad angenommen. Er hatte ja keinen Job und da er selbst kündigte, auch keine Unterstützungsansprüche. Als Jugendlicher machte er seinen Rettungsschwimmer. Und diese Ausbildung war der Grund, warum er im Freibad aushelfen durfte. So stand er also fünf Tage die Woche am Beckenrand mit seiner Trillerpfeife, kommandierte kleine Kinder herum und ermahnte sie. Passiert ist nie wirklich etwas, außer ein paar Bienenstichen und Schürfwunden, die es zu verarzten galt.

Genau dieser Nebenjob war es, der Andi zu seinem ersten Auftrag verhalf. Bei einer Besprechung hatte Andi mitbekommen, dass das Freibad plante einen Getränkeautomaten aufzustellen. Andi mischte sich ein und warb zusätzlich für einen Eisautomaten. Er versprach, dass er in der Lage wäre, diese Automaten zu besorgen und zu befüllen. Er hatte ja von seiner alten Arbeit die entsprechenden Kontakte.

Das war sein erster Job, für den er den Lieferwagen von Bastis Mutter benötigte. Er ließ sich ein Magnetschild anfertigen auf dem stand: »Andi, der Automatenaufsteller« Und eine Website mit »AndiAutomatenaufsteller.de« ließ er ebenfalls programmieren. Mit Basti zusammen holte er seine ersten zwei Automaten und brachte sie zum Freibad, wo er sie in der Nähe des Eingangs positionierte. Umringt von Kindern, die so neugierig waren, wie er damals, nahm er die erste Befüllung der Automaten vor. Das fühlte sich gut an. Jeden Tag vor und nach Dienstantritt lief Andi an seinem Automaten vorbei und beobachtete die Käufer, wie sie ihre Münzen reinsteckten. Praktisch war, dass Andi die meiste Zeit vor Ort war und bei Reklamationen sofort helfen konnte.

Die beiden lebten von Lillys Gehalt und von dem Geld, dass Andi als Aushilfsbademeister verdiente. Der Verdienst von seinen zwei Automaten war nahezu Null. Den größten Anteil von dem, was er verdiente, musste er für die Standgebühr und den Strom abgeben. Und da er kein Eigenkapital hatte, musste er die beiden Automaten leasen, was zusätzlich noch eine finanzielle Belastung darstellte. Andi wusste, dass er mehrere Automaten aufstellen musste und dass sie seine eigenen sein sollten. Er hatte viele Ideen, aber immer wieder dasselbe. Es war entweder der ungeeignete Stellplatz für Verkaufsautomaten, oder die Vermieter verlangten viel zu viel für die Standplatzmiete. So kam sich Andi wie ein Hamster im Hamsterrad vor. Er hatte viele Ideen, aber keine Möglichkeit sie umzusetzen. Lilly versuchte ihn zu verstehen, war aber selbst oft am Ende ihrer Kräfte, denn ihre Nachtschichten zehrten an ihren Kräften und sie konnte und wollte sich nicht ständig Andis neue Ausreden anhören. So schlich es sich langsam ein, dass Andi Zuhause gar nichts mehr erzählte. Seine Absichten waren ja redlich. Er wollte ein Haus für Lilly und sich haben, er wollte eine Familie, er wollte raus aus der Wohnung. Er wollte doch die Familie ernähren, während

Lilly Zuhause auf die Kinder aufpasst. Er wollte nicht als Loser dastehen. Doch genau so fühlte er sich. Das war halt Andis altmodische Weltanschauung. Lilly teilte durchaus diese Einstellung. Doch in der momentanen Situation war es nicht möglich, Zuhause zu bleiben, geschweige denn Kinder zu kriegen. Und das wussten beide. Lilly hatte nie von Andi verlangt, dass er ihr den Wohlstand bieten müsse. Sie drängte ihn nie. Sie wünschte sich doch nur das Glück einer Familie, dass sie als Kind nie hatte. Sie wollte doch nur einen Partner mit dem sie lachen und reden konnte. Und jetzt, Andi lachte nicht mehr und sie redeten kaum miteinander. Insgeheim waren beide froh, dass sie noch keine Kinder hatten! Denn jeder hatte das ideale Bild einer Familie im Kopf. Und die Realität war weit davon entfernt. Mit Basti traf er sich in der Kneipe, die man inzwischen als sein Wohnzimmer bezeichnen konnte. Und, da es immer öfter vorkam, dass Andi beim Wirt anschreiben musste, verbesserte das die Stimmung nicht wirklich. So gereizt und alkoholisiert war Lilly die Zielscheibe für seinen Frust geworden, obgleich es ihm hinterher jedes Mal leid tat.

Es war an einem heißen Sommertag, an dem das Freibad restlos überfüllt war. Andi stand am Beckenrand mit seiner Trillerpfeife. Gerne trug er dazu eine große Piloten-Sonnenbrille mit silbernem Rand. Das machte ihn strenger und glaubwürdiger. Außerdem konnte er damit unbemerkt den Frauen hinterherschauen, was er auch ausgiebig und gerne machte. Genau so ein Moment war es, als er dieses bezaubernde Wesen am Beckenrand sitzen sah. Die ganze Umgebung, die ganze Szene um ihn herum lief in Zeitlupe ab. In Zeitlupe strich sie sich durch ihr langes blondes Haar. Ihre Lippen, mit rosa Lipgloss, glänzten in der Sonne. Der rote Badeanzug bedeckte einen makellosen, atemberaubenden und braungebrannten Körper, mit einer Wespentaille und wohlgeformten Brüsten. Selbst seine Gedanken konnten nur noch in Zeitlupe ablaufen. Er fühlte sich, als ob er die Hauptrolle in Baywatch spielte.

So zog er instinktiv seinen Bauch ein und spannte die Bauchmuskeln an. Doch konnte er sich die Zeitlupe nicht erklären. Die war einfach da. Er hatte den Film Baywatch schon dreimal gesehen, aber dass ihm so etwas auch passieren würde? Er fand es einfach faszinierend und gab sich den schönen Bildern hin. »Das gibt's doch nicht!«, dachte er bei sich und lief in seine Umkleidekabine. »Beruhige dich, du Idiot!«, sämtliche Motivationssprüche und Bauernweisheiten sagte er in der Kabine hörbar zu sich selbst. »Du bist der Tiger! DU, bist der Tiger!« Zum Glück war kein anderer in der Nähe. Gestärkt ging er wieder nach draußen zum Schwimmbecken. Er hielt Ausschau nach ihr, entdeckte sie tatsächlich auf einer Liege, wie sie gerade den Lipgloss nachzog. Und schon wieder! Da war es, das Nachziehen geschah in Zeitlupe. Diese Frau hatte völlig seine Sinne mit all dem Verstand eingenommen. Es war wie in einem Videoclip, in dem lauter schöne Menschen schöne Dinge tun und ein schönes Leben haben. Sämtliche Hormone waren bei Andi in Wallung, wie kleine Ameisen, die Andi zwickten und ihn anstachelten. Völlig ferngesteuert ging Andi direkt auf sie zu, mit seiner Sonnenbrille auf der Nase und der Trillerpfeife in der Hand. Wie ein Instinkt, ohne nachzudenken oder zu reflektieren, sprach er sie an.

Track 6: Sag mir Deinen Namen

Ich kenn dich nicht, das geht doch nicht! Jetzt einen Spruch und ein Gedicht!
Denk ich bei mir, wie sie da drüben steht! Ich geh zu ihr, bevor sie geht!

Sag mir Deinen Namen ich sag dir wer du bist! Fällt er aus dem Rahmen wirst
Du von mir geküsst! Wenn er ganz gewöhnlich ist, dann musst du gar nicht
weinen! Dann werd ich halt von dir geküsst, und ich verrat dir meinen!

Das ist Rainer Wahnsinn, der wie Kai die Mauer überspringt, dabei fällt Claire
in die Grube, es ist Axel Schweiß der stinkt! Warum ist Mario der Nette alle
finden Rosa Schlüpfer phänomenal? Anna Konda will niemand treffen und
keiner spielt mit Martha Pfahl!

Sie lacht gar nicht, das geht doch nicht! Wiederhol' den Spruch, schau ihr ins Ge-
sicht. Wie sie mir so gegenüber steht! Merk' ich, dass sie mir den Kopf verdreht!

Ernst Haft spricht mit Theo Loge, Klara Himmel ist betrübt. Denn sie weiß, dass
Theo Loge, sie oft mit Thea Ter betrügt! Zu spät! Steve Mutter schaut ihm immer
auf die Hände, schon wieder ist die Pam Persvoll, und er zahlt die Ali Mente!

Sie sagt gar nichts, das geht doch nicht! Ich forder' Freispruch vor Gericht!
Wie einer der 'nen Fehler begeht! Wie ein Angeklagter, der um Gnade fleht!

Raucht der Scheich Marie Juana wird er im Gesicht ganz blass, Anna Tomie und
Anna Nass haben jede Menge Spaß! Er braucht nicht Anna Bolika, ihm reicht
auch Caro Tin. Kann er sich ja alles leisten, denn sein Freund, der heißt Ben Zin!

Endlich eine Regung. Verdutzt schaute die Angesprochene ihn an, schaute dann zu ihrer Freundin nebenan. Die ganze Szene schaltete von der Zeitlupe mit seiner Hintergrundmusik, in den Realgeschwindigkeitsmodus um. »Sach ma, was will'n der Droddl eigentlich von mir?«, fragte sie ihre Freundin, im besten und reinsten fränkischen Dialekt.

Die Frau hieß eigentlich Barbara und wurde früher Babsi genannt. Doch als sie sich in der Pubertät und mit Hilfe von ärztlichem Workout verändert hatte, bekam sie ihren Spitznamen Barbie. Da sie so einen krassen Dialekt sprach, wurde sie hinter ihrem Rücken als Franken-Barbie bezeichnet. Aber das war Andi egal, es war völlig um ihn geschehen und er hatte nur noch diese Frau in Gedanken. Verstört und wortlos zog er davon. Die Freundin flüsterte Barbie zu: »Also ich fand den süß. Der schaut doch gut aus und das war doch irgendwie witzig!« »Was will ich denn mit so am Brovinz Bademeisda!«, entrüstete sich Barbie gegenüber ihrer Freundin. »Ich will ahn, der im Filmgschefft is. Der soll mir bei meina Karriere helfen, verstehst?« »Ja, is' ja schon gut«, sagte die Freundin, »ich hab's verstanden!«

Kurze Zeit später traf die Freundin unseren Andi am Ausgang. Sie ging auf ihn zu und sagte, dass sie den Auftritt toll fand und dass es vorhin von ihrer Freundin doch echt nicht so gemeint war. »Weil die Babsi, die hat halt immer Pech gehabt mit ihren Männern! Und sie hat sich halt nun mal in den Kopf gesetzt, Schauspielerin zu werden.« »Danke, dass Du mir das sagst«, erwiderte Andi. »Ich dachte schon, es liegt an mir!« »Nöö, du bist doch süß!«, sagte die Freundin, als ob sie die Schwester von Barbie wäre. Andi war so verlegen, dass er imaginär seine Krawatte zurechtrückte, obwohl er vor ihr mit T-Shirt, Shorts und Badelatschen stand. Die Freundin war ebenfalls recht hübsch, aber bei ihr lief die Szene in ganz normaler Geschwindigkeit ab. Da gab es keine Spur von Slowmotion!

Andi ging mit diesem Wissen nach Hause und überlegte die ganze Zeit, wie er Barbie für sich gewinnen konnte. Schlau wie Andi ja war, wusste er, dass es etwas Besonderes sein musste. Er wollte diese Frau kennenlernen. Seine Gedanken waren bei ihr. Und sogar in seinen Gedanken bewegte sie sich in Zeitlupe.

»Hattest Du einen schönen Tag?«, wollte Lilly am Abend wissen, als Andi die Wohnung betrat. »Du bist so gut drauf!«, stellte Lilly erleichtert fest. »Darf ich jetzt nicht auch einmal fröhlich sein?«, verteidigte sich Andi wie ein getretener Hund. »Ich freu mich doch für dich! Du hast seit langem nicht mehr gelächelt, wenn du zur Tür reingekommen bist.« »Lass mich! Ich bin halt einfach gut drauf!«, beschwichtigte Andi. »Du willst also nix erzählen? Ist recht!«, beendete Lilly enttäuscht das Gespräch! »Es gibt noch Essen auf dem Herd. Das kannst Du dir warm machen. Ich muss jetzt los zur Arbeit.« Es folgte ein flüchtiger Kuss auf die Wange und dann Stille, bis die Tür in das Schloss fiel. Gefolgt von einer noch unerträglicheren Stille, die scheinbar die ganze Wohnung aufzufressen schien.

Andis Geschäft ging nach wie vor schlecht. Die zwei Automaten im Freibad waren bis jetzt die einzigen Automaten. Das reichte nicht. Und da sie schon älter waren, mussten sie viel zu oft gewartet und repariert werden. Andis Versuche, weitere Automaten aufzustellen, scheiterten allesamt. Er wusste, dass er sein Aufstellgebiet für seine Automaten erweitern musste. Dazu brauchte er eine Idee, um sein Geschäft bekannter zu machen. »Dreh halt ein Werbevideo und stell' es auf YouTube!«, sagte Basti zu Andi. »Im Ernst, ich hab' gesehen, das machen viele junge Firmen und das läuft bei denen!« Andi wurde auf einmal ruhig, überlegte und kratzte sich am Hinterkopf. »Gute Idee! Die ist gar nicht mal so blöd!«, stellte Andi erstaunt fest. »Hilfst Du mir dabei?« Andi wusste in dem Moment ganz genau, wer in diesem Video mitspielen musste! »Und

Barbie ist unsere Hauptdarstellerin!«, sagte Andi verkaufssicher. »Hää, die Barbie aus Plastik, die Spielfigur?«, gab Basti als dumpfe Antwort zurück. »Nee, die Barbie aus dem Freibad!«, freute sich Andi bis über beide Ohren. »Die ist Schauspielerin und sieht Megageil aus! Die kann uns helfen!«, war Andi überzeugt. »Ich muss sie nur fragen!«

Am nächsten Wochenende im Freibad, sah Andi seine Barbie wieder am Beckenrand sitzen. Er fasste den Mut und ging entschlossen auf sie zu. »Sag mal, hast Du Lust in meinem Werbevideo als Hauptdarstellerin mit zu wirken?« Währenddessen grinste er nur, blieb ruhig und cool und wartete die Antwort ab. Innerlich war er überhaupt nicht so cool, im Gegenteil, er war völlig angespannt und es zerriss ihn fast. Komischerweise bewegte sich auch heute alles an Barbie völlig in Zeitlupe und es erklang Musik in Andis Gehirn solange er sie ansah. »Was issn des für a Firma?«, gab Barbie nach einigem Zögern von sich. »Das ist meine Firma!«, sagte Andi voller Stolz. Sein Brustkorb schwoll an, wie ein Pfau, der kurz davor war ein Rad zu schlagen, so bereit war Andi. »Was machst'n Du?«, wollte Barbie wissen. »Getränke in Automaten verkaufen!«, gab Andi als Antwort zurück. »Wir machen einen Film in dem du die Hauptdarstellerin bist, eine Cola trinkst und dann in die Kamera sagst: »www.andiautomatenaufsteller.de«. Andi war richtig in Fahrt, und wie der Spruch beim Metzger *Darf's a bisserl mehr sein*? folgt, so schob Andi noch einen Satz hinterher, um seine Verkaufsstrategie zu unterstreichen: »Und dann zeigen wir dich in Großaufnahme!« Andi wippte leicht it seinem Kopf rauf und runter, wie früher die Wackeldackel auf der Hutablage. Barbie schaute ihn eine kurze Zeit lang an! »Okay«, sagte sie, »des brobier' mer mal!« Da Barbie auf der Suche nach Erfolg war, witterte sie ihre Chance. Andi war überglücklich, und lud sie gleich zu einem Kaffee ein. Natürlich lehnte

Barbie nicht ab. Andi ließ seinen größtmöglichen Charme spielen. Barbie lachte viel und laut. Und es wurde spät. Das Freibad schloss und beide hatten den Wunsch noch etwas zu essen. Klar lud Andi Barbie ein und bezahlte alles. Auch der Prosecco floß reichlich. So beschickert lud Barbie zum Abschluss Andi auf einen Absacker zu sich nach Hause ein und es kam, wie es kommen musste! Sie landeten in ihrem Bett.

»Andi, was ist los mit dir? Wo bist Du gewesen? Ich hab' mir solche Sorgen um dich gemacht!«, fragte Lilly ihren Andi am nächsten Tag. »Nix, was soll denn sein?«, gab Andi belanglos zurück. »Nix? Du kommst die ganze Nacht nicht nach Hause und dann soll nix sein?«, war Lilly fassungslos. »Ich merke doch, dass Du dich verändert hast!«, sprach Lilly weiter. »Du bist so fröhlich. Geht's mit dem Geschäft besser?«, wollte Lilly wissen. »Nö, ist alles wie bisher! Nix is!« »Hast Du eine andere kennengelernt?«, wollte Lilly wissen. »Wie kommst Du denn darauf?«, entrüstete sich Andi nur halbherzig, denn er wusste, dass er kein guter Schauspieler war. Lilly würde ihm sofort ansehen, wenn etwas nicht stimmt. Lilly fing zu schreien an: »Also doch eine Andere! Kenn' ich sie?« »Wen denn?«, wollte Andi wissen. »Da ist nix!«, gab Andi nochmal mit Nachdruck zu bedenken. »Lass mich doch mal gut drauf sein!«, wehrte er ab. Es kam wie es kommen musste, das Gespräch eskalierte. Andi regte sich auf! Lilly war maßlos enttäuscht. Andi verplapperte sich und erzählte dann doch von Barbie. Lilly weinte und war außer sich vor Wut. Sie hielt zu ihm, fütterte ihn durch, ertrug die ganze schlechte Stimmung, Tag ein, Tag aus und als Belohnung hinterging er sie. Dann wiegelte er die ganze Sache ab, Lilly solle nicht so überreagieren. »Hau ab!«, schrie sie weinend, »Ich will dich nicht mehr sehen! Verschwinde aus meinem Leben!« Die Tränen liefen dabei, wie das Wasser aus einem tropfenden Wasserhahn. Verschwinde und wenn du wieder kommst, dann bin ich weg. Das ist deine

Wohnung und ich ziehe aus. Andi schmiss die Wohnungs-
türe hinter sich zu und verschwand. Lilly packte unter
Tränen ihren Koffer und telefonierte dabei mit Laura. Sie
verstand sofort alles und eilte so schnell es ging zur Hilfe. Sie
holte Lilly mit dem Auto ab und sie fuhr mit ihr in Lauras
Wohnung. Die meiste Zeit war diese Wohnung eh leer, da
Laura in letzter Zeit ziemlich oft bei Basti übernachtete und
mehr oder minder bereits in der Wohnung von Basti ihre
Blumen und die meisten Klamotten hatte.

Andi traf sich mit Basti, der wiederum wissen wollte,
wieso er Lilly so was antun konnte. Doch Andi redete
ständig nur über Barbie und hatte einzig und allein
Gedanken für sein Geschäft. »Das ist meine Eintritts-
karte fürs ganz große Business, verstehst Du das!«,
herrschte Andi seinen Kumpel Basti an. »Ich will endlich
Geld verdienen!«, schrie Andi immer lauter. »Aber, was
ist mit Lilly?«, gab Basti zu bedenken. »Ich weiß es nicht!
Darüber will ich jetzt nicht nachdenken! Ich konzentrie-
re mich jetzt erst auf das Geschäft! Damit ich Lilly was
bieten kann, sonst kann ich ihr nie mehr wieder in die
Augen schauen«, gab Andi zur Antwort.

Die Woche darauf war ideales Wetter und dazu waren
nur wenige Gäste im Freibad. Barbie sah umwerfend aus.
Sie war noch mehr geschminkt als zuvor. Der Badeanzug
schien noch enger an der braunen Haut anzuliegen als am
Tag zuvor. Die gelockten blonden Haare waren wilder und
fülliger als Andi sie in Erinnerung hatte. Da waren bestimmt
zwei volle Dosen Haarspray draufgegangen, um diese
Fülle und Halt hinzubekommen. Aber das merkte Andi gar
nicht. Diese Schönheit nahm er einfach als gottgegeben hin.
Das Barbie in Wirklichkeit brünette Haare hatte, die Brüste
bereits zwei Operationen hinter sich hatten und dass der
Rest des Körpers drei Stunden täglich das Fitnessstudio
von innen zu sehen bekam, das konnte und wollte Andi
nicht ahnen. Und es interessierte ihn auch nicht. Sein Herz

schlug bis zum Hals. Er sah die Bewegungen seiner Barbie in Zeitlupe und die Musik in seinem Kopf erklang.

Andi hatte sich vorbereitet und Kamera und Stativ besorgt. Ein richtig kleines Set hatte er aufgebaut, um Barbie von seiner Professionalität zu überzeugen. Andi stand hinter seiner Kamera und rief »Uuund, Action!« Das macht man so beim Film, dachte er sich, und es hörte sich gut an! Barbie ging ganz professionell im Badeanzug und mit High-heels auf den Automaten zu. Sie beugte sich nach vorn und studierte den Inhalt des Automaten. »Is des normale Cola?«, warf Barbie entsetzt ein. »Weißt du ned, wieviel Kalorien des Zeuch hat?«, empörte sie sich. »Die oberen Flaschen sind normale Cola. In der dritten Reihe, da sind die Light Flaschen!«, sagte Andi mit vollem Verständnis. Okay, sie wiederholten die Szene. »Und Action!« Barbie ging auf den Automaten zu, beugte sich vor und erkundigte sich: »Gibt'n der Audomad auch Wechselgeld? Ich hab' nur zwei Euro!« »Klar, gibt er das Restgeld zurück!«, versicherte Andi und schaltete die Kamera ab. Neuer Versuch. Andi schaltete die Kamera wieder ein und Barbie lief auf den Automaten zu, beugte sich nach vorn, wählte eine Taste, warf das Geld ein und holte eine Cola aus dem Ausgabefach. »Ich grich' die Flaschn mit meine Fingernägl ned auf!«, stammelte Barbie bockig wie ein Kind, als ob sie Andi dafür die Schuld geben wollte. Kamera aus! Andi präparierte die erste Cola Flasche und stellte sie wieder in den Automaten zurück. »Nochmal von vorn!«, sagte Andi mit immer noch posi-tivem Ton, als er die Kamera wieder anschaltete. Barbie ging auf den Automaten zu, beugte sich vor, tippte eine Nummer, warf das Geld ein, holte sich eine Cola aus dem Fach, öffnete den Verschluss, nahm einen Schluck und versuchte sich zu erinnern: »Was genau, soll ich jetzt sach'?« Kamera aus! Andi immer noch mit der Engelsgeduld, erklärte es ihr: »www.andiautomatenaufsteller.de«. Alles von Anfang, der Gang zum Automaten perfekt, dass konnte Barbie. Das mit der Flasche hatte auch geklappt, den Ablauf hatte sie auch drauf. Aber bis sie die Flasche absetzte, hatte sie den Text vergessen! »Ich kann mer den Scheiß ned mergn!«, äußerte sich Barbie schon genervt. »Ich schreib' es hier auf den Zettel neben die Kamera und du musst einfach nur ablesen, okay?« Inzwischen sparte sich Andi die Ansage: »Und Action!« Das war ihm zu müßig. Er ließ einfach die Kamera laufen und Barbie machen. »www Andi Automaten aufm Teller de«, textete Barbie und Andi schrie »Aus, Aus, Aus! Das heißt Andi Automatenaufsteller Punkt de.« »Des kann doch kaana lesn, was du da gschribbn hast!« In dem Moment besann sich Andi auf seine inneren Bilder im Kopf. In seinem Kopf war immer Musik und Barbie schwebte in Zeitlupe. Das war es, was er wollte! Wenn möglich, sollte Barbie überhaupt nicht sprechen. »Wir sind schon ganz nah dran!«, fasste Andi neues Vertrauen und nahm die Emotionen raus, die langsam schon überkochen wollten. Schließlich musste er Barbie bei Laune halten! »Wir drehen das Ganze nochmal mit deutlichen Bewegungen. Am Computer mache ich dann eine Zeitlupe drauf!«, fing Andi an, seine Idee Barbie mitzuteilen. »Wegen der Zeitlupe musst du auch nix sprechen! Einfach nur mit Verlangen im Blick in die Kamera schauen!«, gab Andi Barbie die Anweisung. »Den Namen und die Webadresse blenden wir dann mit Hilfe des Computers ein«, erklärte Andi optimistisch. Sie nahmen das Ganze nur dreimal auf und es war perfekt.

Es war genug Material da, das Andi zusammenschneiden konnte. Er hatte das wahre Talent von Barbie hervorgehoben. Sie sah einfach umwerfend aus und ihre Bewegungen waren Oscarreif. Sein erstes Video war perfekt gelungen. Alles war vergessen! Barbie war für Andi die perfekte Darstellerin und er schwärmte von ihrem Talent. Auch Barbie war angetan von der filmischen Umsetzung. Das Video veröffentlichte er mit ihrem Einverständnis auf seinem YouTube Kanal.

Das Geschäft startet durch

«Und?«, war Barbies erster Satz zu Andis Begrüßung. »Wie viele Leute haben das Video schon gesehen?« Andi wollte seiner Barbie erst mal ein Küsschen geben, aber bedingt durch diese schroffe Frage konnte Andi gar nicht anders als zu antworten: »Uff, erst 13 Leute!« Eigentlich wollte er es gar nicht so direkt sagen, sondern den passenden Moment abwarten, eine hübsche, plausible Geschichte dazu erzählen und Barbie eine Aussicht auf Erfolg geben. Andi ging direkt in die Offensive über: »Das ist mir zu wenig!«, stellte er kurz und knapp fest. »Wir müssen noch mehr Videos produzieren! Der Kanal muss viel mehr Inhalt haben! Ich hab' da auch schon eine Idee! Wir drehen ein Video am Bahnhof, am Strand, im Hotel, im Einkaufszentrum, am Flughafen!« Andi grinste siegessicher. »An allen Orten, an denen man einen Automaten aufstellen kann! Du hast immer was anderes an, aber eines bleibt immer gleich, du trägst das rote T-Shirt vom ersten Video!« Barbie vermutete einen Plan dahinter, weswegen sie auch nicht mehr weiter auf die Besucherzahlen einging. Gesagt, getan, beide drehten im Laufe der Zeit noch weitere Videoclips. Sie wurden immer besser, Andi beherrschte die Zeitlupenaufnahmen bis zur Perfektion und Barbie wurde immer professioneller in ihren Bewegungen und ihrer Körpersprache.

Nach dem Wochenende, am Montagabend, rief Basti seinen Freund Andi auf dem Smartphone an. »Das ist ja so ein klasse Video!«, schmunzelte Basti und redete weiter, »Das ihr Euch das getraut habt!« Basti zögerte eine halbe Sekunde, »Besser gesagt, dass die Barbie sich das getraut hat!« »Was meinst du?«, ermittelte Andi ganz unbekümmert. »Na, dass Video mit den lustigen Aufnahmen von Barbie!«, gab Basti selbstverständlich zurück. »Wieso, das ist doch nicht lustig?«, wollte Andi zur Antwort bestätigt haben. »Doch, ist es schon!

Das geht im Internet völlig ab! Ich hab' das Video heute Morgen zugesendet bekommen. Das hat schon 200.000 Aufrufe!«, fuhr Basti wohlwollend weiter! »Red' keinen Quatsch!«, warf Andi dazwischen. »Solche Zahlen! Das gibt's doch nicht!« »Doch! Ich schicke dir den Link, dann wirst du schon sehen!« Eine Minute später hatte Andi den Link auf seinem Smartphone. Er musste sich setzen, denn es haute ihn förmlich um. Das war ein Video von ihm und Barbie vom ersten Videodreh. In voller Länge und mit Ton! Man verstand in diesem Video jeden Satz, den die beiden gesprochen hatten. Andi saß da, starrte das Smartphone an, das schon gar kein Video mehr abspielte und dachte nur laut: »Die bringt mich um, wenn sie das sieht!« Dabei schüttelte er nur ungläubig den Kopf. »Die bringt mich eiskalt um!«, war sich Andi absolut sicher. »Ich muss es ihr sofort erzählen, bevor es ein anderer tut!«, dachte Andi laut, indem er den Satz leise vor sich hersagte und wiederholte. »Ja leck mich, schon 200.931 Aufrufe! Das ist der Wahnsinn!« Andi schrieb eine Nachricht mit einem Link zu diesem Video und dahinter die Textbotschaft: »Bitte ruf mich sofort zurück!« Es dauerte auch nicht wirklich länger als fünf Minuten, bis Barbie am Telefon war: »Was hast Du dir dabei gedacht?«, kreischte Barbie Andi übers Telefon an. »Ich will, dass du des lösch'n dust!« Das war keine Bitte, auch kein Ratschlag! Das war ein Befehl! »Das kann ich nicht!«, wehrte Andi ab. »Das Video habe ich nicht gemacht! Das muss einer von den Gästen im Freibad gemacht haben!« Andi versuchte eins und eins zusammen zu zählen. »Hörst Du, was ich dir sage?«, schrie Barbie weiter ins Telefon, »Ich will, dass du des lösch'n dust!«, wiederholte Barbie erneut. »Ja, aber, das Video ist nicht von mir!«, wiederholte sich Andi. »Dann lösch' des verdammde Inderned!«, schmiss Barbie den Brocken Richtung Andi. Barbie beendete das Gespräch und es war Stille. Die er nutze, um seinen Gedanken freien Lauf zu lassen. Ich lebe noch, dachte sich Andi, aber durchs Telefon kann sie mich auch schwer töten! Gleichzeitig dachte er erneut, »Was für ein Wahnsinn, schon mehr als 200.000 Aufrufe! Das musst du dir mal geben, mit unseren offiziellen Videos haben wir gerade mal 150 Aufrufe. Ist das der Hammer? 200.931 Aufrufe!« Andi konnte und wollte es gar nicht glauben. »Das muss ich sofort Lilly erzählen!«, sagte Andi leise vor sich hin, er spürte diese kindliche Freude in ihm, die er teilen wollte. Komisch, dass er gerade jetzt an sie dachte und es ihr unbedingt erzählen wollte! Er hatte sich doch die ganze Zeit nicht gemeldet, weil seine Scham einfach zu groß war. »Ob ich sie mal anrufe? Hmm, oder vielleicht schreib ich erst eine Textnachricht!«, murmelte Andi leise vor sich hin. »Ach was soll's!« Andi zögerte nicht und schrieb seiner Lilly, ob sie sich mal treffen könnten.

Am nächsten Tag schrieb Lilly zurück: »Okay, um 18:00 Uhr im Café!« Andi war überglücklich. Er wollte Lilly so vieles erzählen. Lilly dagegen hatte Angst, was alles passieren könnte. Deshalb der öffentliche Platz mit dem Café. Soll sie ihm Vorwürfe machen? Soll sie ihm einfach verzeihen? Was genau wird er ihr sagen? Lilly hatte das Video auch gesehen und sehr wohl bemerkt, wie gutmütig Andi ist, und wie ruhig er geblieben ist. Sie konnte nicht verstehen, was er an Barbie so toll fand. Es war ihre unterkühlte, fordernde Art die Lilly überhaupt nicht mochte. Würde Andi seine Barbie mitbringen und sie ihr vorstellen? Will er die Scheidung? Will er wieder zurück? Lilly gingen so viele Szenarien durch den Kopf. Sie konnte nur die Stunden abwarten, bis sie sich endlich trafen. Ohne Schlaf und ohne Essen! Das alles konnte sie nicht.

Andi war schon da, ohne Barbie! Lilly kam exakt sieben Minuten zu spät! Sie wollte nicht die erste im Café sein. Andi begrüßte sie herzlich mit einem unwiderstehlichen Lächeln, das Lilly in diesem Moment genau spüren ließ, dass sie ihn immer noch liebte. Lilly bestellte nur ein Stilles Wasser, mehr konnte ihr Magen nicht vertragen. Andi redete unbekümmert drauf los. Er erzählte Lilly alles was ihn in letzter Zeit gefreut hatte und was ihn so bedrückte! Er erzählte vom Geschäft, vom Erfolg, auch von den Problemen mit Barbie, ohne eigentlich zu ahnen, was er damit bei Lilly bewirkte. Lilly war besonnen genug. Sie hatte schon tagelang genug geweint und war jetzt gefasst, um hier am Tisch nicht zu weinen. Das wollte sie sich für Zuhause aufsparen. Andi wollte den Rat und die Meinung von Lilly hören. »Andi, du hast diesen Traum in dir!«, sagte Lilly und schaute Andi ganz tief in die Augen. »Den musst du verfolgen, sonst bist du nicht glücklich und du wirst immer unzufrieden sein!«, gab sie Andi zu bedenken. »Du musst deine Chancen nutzen!« Das war so stark von Lilly, so aufbauend. Das kann nur jemand, der echte Liebe in sich trägt. Was sie wirklich dachte, war, dass sie völlig enttäuscht ist, weil sie doch diesen gemeinsamen Traum hatten, und dass er ihn jetzt lieber alleine verwirklichen wollte und dass sie in dem Traum leider keinen Platz hatte!

Sie verabschiedeten sich herzlich voneinander! Andi war glücklich, dass er Lilly alles erzählen konnte. Dabei merkte er gar nicht, dass er die meiste Zeit nur von sich erzählte und auf sein Geschäft fixiert war. Er war einfach nur froh, dass er einer guten Freundin alles über seine Erfolge erzählen konnte, ohne sich zu verstellen. Kein Wort von Scheidung! Kein, ich will wieder zurück zu dir. Lilly war einfach nur erleichtert, dass sich Andi gemeldet hatte und dass es ihm mit seinem Geschäft besser ging. Sie weinte erst wieder, als sie Zuhause in ihrer Wohnung angekommen war. Andi musste ja nicht merken, dass sie ihn immer noch liebte!

Track 7: Der Traum in Dir

Weißt Du noch als Kind, wie dir die Träume zugeflogen sind? Du konntest auf Wolken fliegen, und den Klassenfiesling besiegen! Welche Träume wirst Du behalten? Welche werden dein Leben gestalten?

Der Traum in Dir, halt ihn ganz fest! Wie einen guten Freund, den du nie verlässt! Der Traum in Dir, gib ihm den Raum! Wer bist Du, ohne deinen Traum?

Stimmen am Anfang ganz fremd! So eindringlich und permanent. Als Ratschläge getarnt von außen, lässt du deine Träume sausen! Wie viele Chancen hast du im Leben? Wie viele Träume hast Du vergeben?

Denk daran, es sind deine Träume! Zarte Pflanzen werden große Bäume! Denk daran, es ist dein Leben! Nur du kannst ihnen diese Chance geben! Der Traum in Dir!

Hör doch mal in dich hinein, da wimmert ein Traum ganz allein! Hol ihn zurück, was fühlst du jetzt? Gedanken haben den Berg versetzt! Glücklich ist, wer seine Träume lebt! Und sich damit aus der Masse abhebt!

Den **Traum** in Dir, halt ihn ganz fest!

Wie einen guten **Freund**,
den du nie verlässt!

Die Geschäftsbeziehung mit Barbie

Andi hatte schon recht schnell erkannt, dass seine Barbie gut fürs Geschäft war. Deshalb musste er sie besänftigen, komme was wolle! Er wusste, dass Barbie noch sauer auf ihn war. Aber er hatte sich schon einen Plan zurechtgelegt. Wenn die Aufrufe so dermaßen hoch waren, dann schien das den Leuten zu gefallen und er hatte die Aufmerksamkeit, die er immer wollte. Und wenn seine kleinen Werbespots nicht genug gesehen würden, dann musste er beides miteinander verbinden, d.h. er wollte verantwortlich für den Inhalt und die Qualität sein. Die Videos mussten lustiger werden, in hoher Qualität, und sie mussten trotzdem die Sexiness von Barbie voll zur Geltung bringen. Mit diesem Konzept konnte er Barbie besänftigen und gewinnen, weiter zu machen.

Sie drehten nach wie vor Videos. Andi gab Barbie besonders viele Sprechtexte und produzierte so natürlich viele Out Takes. Genau die nahm er dann unter die Lupe und stellte so jede Woche einen Funny-Clip ins Internet. Und tatsächlich, die Aufrufe schnellten in die Höhe und wurden von Woche zu Woche mehr. Zusammen mit seriösen Werbehinweisen, bekam Andi eine beachtliche Reichweite. Besondere Highlights waren die Videos, in denen sich Barbie um Sprüche bemühte, die sie zur Belustigung aller Anwesenden mit anderen Sprichwörtern vermischte. Noch dazu sah sie einfach umwerfend aus. Ihre zwei Brüste waren wesentlich größer und wohlgeformter als ihre beiden Gehirnhälften. Die waren dafür verantwortlich, dass keine sinnvollen Sätze aus ihrem Mund kamen. Andererseits waren diese beiden Brüste dafür verantwortlich, dass die Männer, die vor ihr standen, auch keine sinnvollen Satz zustande bekamen.

So konnte Andi immer mehr Automaten aufstellen. Ständig kamen neue Anfragen dazu. Die Kunden wollten, dass Andi bei ihnen einen Automaten aufstellte. Das wurde noch gesteigert, als Andi die Idee hatte, auf jeden seiner Automaten ein Foto von Barbie aufzukleben. Ob lebensgroß auf der Seite, oder ein kleineres Bild auf der Front - der Blickfang war garantiert.

Andi drehte weiter Videos mit Barbie. Sie wurde immer häufiger auf der Straße angesprochen und die Leute wollten Selfies mit ihr machen. Barbie genoss das sichtlich. Andi konnte die Klickraten direkt mit dem Umsatz messen.

Andi wusste noch von seiner Zeit, in der er zu viel Bier trank, dass er immer gereizt und aggressiv wurde. Deshalb trank er in letzter Zeit alkoholfreie Biere mit Fruchtgeschmack. Weißbier mit Grapefruit oder Holunder Geschmack, oder Helles mit Limonen Geschmack. Alle natürlich alkoholfrei. Damit war er bei seinen Jungs in der Kneipe Gesprächsthema Nummer eins. Immer wenn er solche Biere bei der Bedienung bestellte, veräppelten ihn seine Freunde und zogen ihn auf! »Ey, was willst denn Du als Mann mit so einem Pussy-Bier!«

Am nächsten Tag beim Videodreh, wollte Andi Verständnis bei Barbie erhaschen, indem er ihr die Geschichte aus der Kneipe erzählte. Doch Barbie in ihrem fränkischen Dialekt belächelte ihn nur abfällig: »Ich glaab ich werd zum Dier, der Kerl dringt gern a Bussy-Bier!« Im selben Augenblick durchfuhr es Andi und er wusste, das war es! Das war das ganz große Ding! Er musste eine Brauerei finden, die ihm alkoholfreies Bier mit Fruchtgeschmack mischte und in kleine 0,33 Liter Flaschen abfüllte. »Barbie! Wir sind da an einer ganz großen Sache dran!«, war Andi siegessicher.

In der Tat konnte Andi eine Brauerei gewinnen, die ein Bussy-Bier LÄMÄN (alkoholfreies Helles mit Limonen Geschmack) und ein Bussy-Bier HOLUNDÄÄ (Alkohol-freies Weißbier mit Holunder Geschmack) herstellte. Er ließ rosafarbene Etiketten mit einem schwarzen Schriftzug und weißer Kontur entwerfen. Diese zwei Sorten vertrieb Andi exklusiv nur in seinen Automaten. Die Werbekampagne mit Barbie, die in jedem Werbespot mit einem ganz eng anliegenden knallroten T-Shirt eine der Flaschen in die Kamera hielt und dann den Spruch von sich gab: »Ich werd' zum Dier, dringt ana gern des Bussy-Bier!« wurde innerhalb kürzester Zeit zum Renner. Langsam wurde es zum Kultgetränk, sowohl für Männer als auch für Frauen. Das merkte Andi an der Nachfrage. Immer schneller waren die Fächer im Automaten leer und mussten nachgefüllt werden. Er verdoppelte die Bierfächer und der Umsatz schoss in die Höhe. Andi war klug genug, um die passenden Merch-Artikel mit in die Automaten zu packen. Angefangen vom Flaschenöffner im Bussy-Bier Design, dem Kühlschrank-Magneten, bis hin zum knallroten Bussy-Bier T-Shirt in XS! Wo immer es die Flächen zuließen, stellte er neben seinem normalen Automaten einen Bussy-Bier Automaten auf. Doch auch das reichte nicht. Sehr schnell war die Nachfrage so groß und das Bier wurde auch in Supermärkten, Getränke-märkten und Tankstellen verkauft. Mit Pappaufstellern von Barbie in Lebensgröße. Dazu der Werbeslogan »Bussy-Bier, das Bier mit den zwei ÄÄ«. Andi handelte immer nach dem Motto »Sex Sells!« Der Spruch »mit den zwei ÄÄ« und das an Barbies Dekolleté enganliegenden T-Shirt mit V-Ausschnitt, verfehlte seine Wirkung definitiv nicht. Selbst die Pappaufsteller mit einem Original T-Shirt bot er zum Verkauf an und fanden reisenden Absatz.

Die Kollektion wurde auf Frauen und Männer abgestimmt. Damit sich die Frauen wie ein Männermagnet fühlen konnten, gab es das knallrote T-Shirt mit dem Spruch

»Ich werd' zum Dier, drinkt der Mann gern Bussy-Bier!«
Dazu gab es einen rosafarbenen Kühlschrankmagneten mit
dem Aufdruck »m*ÄÄnnermagnet*!«. Die Männer T-Shirts
waren dunkelblau und mit dem Spruch: »Ich bin ein Dier,
denn ich drink' gern Bussy-Bier!« Dazu gab es ebenfalls einen
dunkelblauen Kühlschrankmagneten mit dem Aufdruck
»*ÄÄ, ein Bussy-Bier bitte*!« Diese zusätzlichen Artikel spülten
viel Geld in die Kasse. Vergessen waren die anfänglichen
Tage der Entbehrung und des leeren Kontos.

Je mehr sich der Erfolg einstellte, desto mehr musste
Andi seine Barbie bei Laune halten. Was ihm Zusehens
schwerer fiel. Sie hielt ihn auf Abstand, vertröstete ihn, Andi
merkte das natürlich und reagierte beleidigt. Noch dazu
flirtete Barbie gerne mit den Männern, die sie ansprachen
und ein Autogramm, oder Foto mit ihr haben wollten.
Andis Meinung nach, drückte sie sich viel zu sehr an die
Männer ran. Er stand nur daneben. Wenn er beachtet, oder
angesprochen wurde, dann nur, damit er das Foto von Barbie
und den jeweiligen Männern machen sollte. Sogar die Frauen
sprachen Barbie an und ließen Andi dabei links liegen. Doch
Barbie konnte Andi immer noch um den Finger wickeln und
ihn dort am ausgestreckten Arm verhungern lassen. Sobald
sie dann *Ach, Andiiii* sagte, machte er innerlich Männchen
wie ein Hund, mit heraushängender, hechelnder Zunge.
Die Anziehungskraft war doch noch zu stark.

Doch der passende Soundtrack im Hintergrund
verschwand immer mehr. So auch an dem Tag, als Andi
mit Barbie in ein Elektrofachgeschäft ging, weil Barbie ein
neues Smartphone brauchte. Andi sollte als Berater
mitkommen. Barbie schwebte förmlich zum Eingang
hinein und sah einfach umwerfend aus. Andi kam es vor, als
würden sie in das Elektrofachgeschäft zur Autogramm-
stunde gehen. So viele, überwiegend männliche Kunden,
hatten sie belagert und fotografiert, oder sich gemeinsam
fotografieren lassen. So ging es wohl auch dem Verkäufer,

als er die beiden sah. Als Barbie auf ihn intergalaktisch zu schwebte, hatte der vermutlich eine Erscheinung der besonderen Art. Anzunehmen, dass Barbie eine Außerirdische war, die auf die Erde geschickt wurde, um Männergehirne zu entleeren.

Barbie hatte auf jeden Fall binnen drei Sekunden das Gehirn dieses Verkäufers komplett sinnentleert. Was ihn und Barbie zu Gleichgesinnten machte. Damit war der Weg frei, dass sich die beiden solch verbalen Dinge um die Ohren hauen konnten! Und das nur in einem einzigen Gespräch! Barbie äußerte sich beim Anblick der dort ausgelegten Smartphones folgendermaßen: »Bist Du Debbert, des sin abba gastronomische Breise!«, sagte sie affektiert zum Fachverkäufer. »Da sie ja beide, so nehm' ich mal an, in einer lebensähnlichen Gemeinschaft sind!«, grinste dabei Andi fast schon als Komplizen an, »können sie sich das doch bestimmt leisten!« Dabei ging sein grenzdebiles Grinsen in Richtung Barbie. »Ich will mal böse Miene zum guten Spiel machen!«, er verzögerte ein kleines bisschen, in dem er seine Brille hochschob, dann sofort weiterfuhr »Aber, Schwamm beiseite!« Der Verkäufer versuchte nun wieder eine gewisse Art von Professionalität zu zeigen. »Wie groß soll es denn sein? Und soll vielleicht die Vibration regelbar sein, wenn sie schlafen, oder nicht gestört werden wollen?« Daraufhin Barbie ganz entrüstet: »Des geht sie fei garnix an! Des ist ein ganz schmaler Spagat, den Sie da betreten. So kommen wir nie auf einen gemeinsamen Zweig!« Völlig gekünstelt und aufgeplustert sagte sie zu Andi: »Jetzt hilf mir doch ma aus der Bretagne! Der will doch nur seine eigenen Schnäppchen ins Trockene bringen!« Daraufhin wurde der Verkäufer ganz rot, entschuldigte sich und stotterte: »Jetzt haben sie mich aber auf dem kalten Fuß erwischt!« Andi, der das ganze Stumm beobachtete und sich fragte, von was er da gerade Zeuge wurde, verdrehte die Augen und hatte das Gefühl, bald selbst Gaga im Kopf zu werden.

Völlig genervt und distanziert dachte er sich kopfschüttelnd: »Oh Leute, Reden ist Schweigen und Silber ist Gold!«

In Andis Kopf wurde aus dem Nichtvorhandensein der Musik, eine bedrohliche Stille. Andi sah nur noch die Lippenbewegungen der beiden, hörte aber nichts von alle dem, was die beiden besprachen. Ihm gingen so viele Gedanken durch den Kopf. Was machte er da? Warum machte er das? Was fand er eigentlich an Barbie so toll? Er bemerkte, dass sein Zustand des belämmert seins mehr und mehr verschwand und er klar denken konnte, während die Blicke des Verkäufers die Verwirrung eines Mannes widerspiegelten, der dieser Barbie verfiel.

Sie kaufte am Schluss das neueste iPhone. Da kann man ja nix verkehrt machen. War irgendwie klar! Wenn man nicht weiß, was man will, dann nimmt man das, was alle haben oder gerne hätten! Und zu allem Übel beschwerte sie sich noch bei Andi, dass sie alles alleine entscheiden musste, und er keine große Hilfe war. Diese Worte trafen Andi in Realgeschwindigkeit. Ungebremst und ungehindert. Andi spürte völlig, dass der Lack jetzt auch in ihrer Geschäftsbeziehung ab war.

Barbie hatte immer mehr den Wunsch Schauspielerin zu werden. Denn sie glaubte, dass es nur ihr Erfolg alleine war, der die Kasse so klingeln ließ. Beim nächsten Streit der beiden, beschimpfte sie ihn: »Du Droddl, ohne mich würdest Du dei Bussy-Bier immer noch allans dringn! Ich bin nämlich a Männermagnet, das des nur wesst! Ich habs ned nödich mich von dir dumm anbabbeln zu lassn!« Barbie war so richtig in Rage und geigte ihrem Andi mal so richtig die Meinung, denn es war an der Zeit Bye Bye zu sagen. Sie war zu lange an einem Ort. Es war genug und es war Zeit für sie weiterzuziehen, um Schauspielerin zu werden! Aber etwas Schlaues hatte sie wirklich von sich gegeben, da musste ihr der Andi fast sogar ein bisschen applaudieren: »Ich bin ned eingebildet! Mich gibt's fei wirklich!« Diese Erkenntnis musste man ihr lassen! Das hatte Andi in letzter Zeit gespürt! »Und wessde was, des kannste in Zukunft alles allans mach! Der Rogg macht nämlich a Fortsetzung von Baywatch. Und ich hab' die Nummer vom Manager!« »Das heißt The Rock«, erwiderte Andi. »Ach gluchscheißn a noch! Dann heißda eben See Rogg, du Audomaden-Droddl!«

Das war dem Andi zu viel, worauf er sie beleidigte! Er hob die Stimme und äffte sie nach: »Du passt ja gut zu *The Rock*, denn du bist so intelligent wie *Ein Stein*!« Dabei betonte er das *Ein* so deutlich, dass das sogar unsere Barbie kapierte, dass das kein Kompliment war. Völlig wutentbrannt und außer sich, packte Barbie ihre Handtasche und ging mit den Stöckelschuhen direkt zur Tür. Andi sah nur noch den wohlgeformten Hintern, wie er in Wellenbewegungen Richtung Tür wogte und mit einem lauten Schlagen der Tür, aus seinem Leben verschwand.

Track 8: Barbie, der Baywatch-Star

Der Andi hat seine Frau betrogen! Hat jetzt eine Jüngere vorgezogen! Barbie mit blondem Haar, Giraffen-Beinen! Gehen bis zum Himmel, könnte man meinen! Als Bademeister hilft der Andi oft aus. Braun sein, Bauch rein und Brust raus! So steht er vor ihr mit `nem neuen Ding! Eine Handtasche geformt wie ein Rettungsring!

Barbie, der Baywatch-Star! Lange Beine, Blondes Haar Barbie, der Baywatch-Star! Du bist einfach wunderbar! Barbie, Barbie, BaBaBaBaBarbie, der Baywatch-Star!

Der Andi hat eine neue Idee! Am Strand hilft er mit bei einem Filmdreh! Im Sand wird die Barbie plötzlich ganz klein, sinkt mit ihren Stöckelschuhen ein! Doch der Andi gar nicht dumm, hängt seiner Barbie `ne Goldkette um! In Zeitlupe und in Großaufnahme, macht sie dann für seinen Shop Reklame!

Andi-Automatenaufsteller.de sieht man dann bei jedem Dreh! Dort gibt es Sonnenmilch auch für den Strand! Das Schwimmbrett, aufblasbar, für die Hand! Den roten Badeanzug in XX-Small! Den gibt es sonst in keiner Shopping Mall! Das Wasser gibt's natürlich nur von Evian! Das kommt nicht nur bei der Barbie gut an!

Mit seiner Barbie hat er es geschafft, die erste Million zusammengerafft! Doch die gehört ihm nicht allein, will seine Barbie nicht mehr bei ihm sein! Sie liegt lieber am Strand mit »The Rock«! Durch drei teilen, dazu hat Barbie kein' Bock! Sie hat sein Vermögen und den Pool im Keller! Andi wird wieder Automatenaufsteller!

Und jetzt?

Schon wieder saßen Andi und Basti zusammen, wie sie es seit der ersten Klasse machten. Früher war es die Brause, die sie in das Wasser rührten. Heute war es der Gin, den sie in das Tonicwater füllten. »Ach lass mich mit dem Bussy-Bier zufrieden, ich will jetzt was Gescheites!« schnauzte Andi die Bedienung an. Denn inzwischen war das Bier so populär und erfolgreich, dass es deutschlandweit in Kneipen und Getränkemärkten verfügbar war. Und auch die Bedienung wusste genau, wer Andi ist. Über ihn wurde viel in der Stadt geredet. Die einen, die ihm aus lauter Neid diesen Erfolg nicht gönnten. Und die anderen, die sich zu ihm hingezogen fühlten und auch ein Stück vom Kuchen ab haben wollten. So auch die Bedienung, die ihm immer ein Bussy-Bier mit einem Herzchen auf dem Bierdeckel servierte. Aber eben heute war das ein Fehler! Andi regte sich über alles auf, über Barbie, über seinen Erfolg, über das Kaff in dem er lebte, über die Bedienung und ganz besonders über sich selbst. Keinen Grund hatte er, auch nur ein schlechtes Wort über Lilly, Basti oder Laura zu verlieren. Basti war all die Zeit als echter Freund an seiner Seite. Die Ratschläge wären immer wertvoll und richtig gewesen. Nützt aber nix, wenn Andi diese Ratschläge einfach in den Wind schlägt. Trotzdem hat Basti seinen Kumpel Andi nie aufgegeben. Weil sie doch beide aus dem selben Holz geschnitzt sind. Das ist diese Art von Freundschaft, die alles überstehen kann. Basti schrieb oft mit Lilly um ihr Mut und Trost zuzusprechen. Ganz zu schweigen von Laura, die im ganz engen Kontakt mit Lilly stand. Und oft war es Basti der aus der Sicht eines Mannes die Wogen glätten konnte, als Lilly und Laura mit Prosecco in der Hand ihre Giftpfeile am liebsten auf alle Männer verschießen wollten. Andi in seiner Art ist niemals bewusst geworden, wie sehr er seine Freunde Basti und Laura damit in die Zwickmühle und zwischen die Fronten gebracht hatte.

Andi und Basti saßen in der Ecke des Raumes, an einem runden Tisch, mit einer Kerze darauf und einer alten, zerfransten Getränkekarte. Diese Stammkneipe ist immernoch der zweite Wohnsitz von Andi. Basti ging auch so oft es ging mit. Trotzdem wollte er ja auch noch für Laura da sein und er wollte es auch verhindern, dass Laura sich zu oft mit Lilly traf um mal wieder Giftpfeile zu verschießen, nicht ohne Grund, weil er selbst nicht immer die Zielscheibe für Laura sein wollte, wenn sie nach solchen Gesprächen abends nach Hause zurück kam. Es war für alle vier eine angespannte Zeit, denn es war ihnen nicht möglich sich zu viert zu treffen.

Dieses Mal war es ausnahmsweise anders. Andi redete ununterbrochen von Liebe. Von der Liebe generell, wie er sie aus dem Fernsehen und Kino kennt, was er so von seiner Umgebung mitbekam und das er nicht mehr an die Liebe glaubt. Doch obwohl er so nachdrücklich gegen die Liebe wetterte, erzählte er ziemlich oft von seiner Lilly, die ihn nie beleidigte, die nie schlecht zu ihm war. Andi nahm einen beachtlichen Schluck seines Gin Tonics, als ob es Bier wäre. »Lilly ist die Liebe meines Lebens«, stellte Andi fest. Und er liebte Lilly, jetzt sogar noch mehr als zuvor. »Sie hat immer zu mir gehalten, aber ich hab' diese Liebe weggeworfen. Ich bin so ein Idiot!«, lamentierte Andi in einem Anfall von Redefluss. Basti konnte gar nicht widersprechen, erstens weil Andi so schnell redete, zweitens weil er einfach Recht hatte. »Ich hab's verdient, dass ich alleine bin, ich will niemanden lieben und unglücklich machen und ich will auch von niemandem geliebt werden, weil ich doch alles kaputt mache.« So ging es den ganzen Abend bis zur Sperrstunde. Man merkte den beiden den Alkoholkonsum ganz gewaltig an. Als sie dann die Kneipe verließen mussten sie sich gegenseitig stützen und es dauerte gefühlt eine Ewigkeit, bis sie zu Hause angekommen sind. Beide betrachteten das als Freundschaftsbeweis, dass man sich in den Arm nehmen könne. Aber in Wirklichkeit waren beide zu besoffen um überhaupt noch gerade aus gehen zu können. Sie gingen den gemeinsamen Weg und erst die letzten paar Straßen, da trennten sich die Wege der beiden.

Zuhause angekommen, dauerte es dann eine weitere Ewigkeit, bis Andi zuerst seinen Schlüssel, dann das Türschloss fand und seine Jacke auszog. Er führt auch ein langes Selbstgespräch und leicht angesäuselt lallte er noch zum Schluss. »Ach Lilly, was bin ich für ein Idiot!« Er legte sich aufs Bett ohne unter die Bettdecke zu krabbeln, einen Schuh legte er auf das Bett, den anderen noch gar nicht ausgezogen. Augenblicklich schlief Andi mit dem Schlüssel in der Hand und mit seinen Klamotten sofort ein.

Track 9: Kein Liebeslied

Da sind diese Schmetterlinge in deinem Bauch! Arme Dinger, wollen die da sein? Aus lauter Mitgefühl willst Du sie befrein! Doch dann schickst du sie wieder rein! Sind diese Gefühle echt und haben Bestand? Dein Herz fühlt das große Glück! »Nie und nimmer«, quält dich dein Verstand! Wer von beiden ist denn nun verrückt?

Nein, ich singe keine Liebeslieder, und dies ist auch kein Liebeslied! Ich schau mich um und frag mich immer wieder, was fangen wir bloß mit der Liebe an?

Wir erheben die Liebe ganz nach oben, Sie soll uns doch das Leben versüßen! Doch unerreichbar bleibt sie da droben. Wir holen sie runter und treten sie mit Füßen! Sie macht uns verletzlich, doch sie gibt auch Kraft, Dinge gemeinsam zu sehn und zu bestehn, Und das Beste dabei, was nur die Liebe schafft, Ist liebevoll mit der Liebe umzugehn!

Die Liebe hat sich niemals von uns entfernt. Sie ist immer da und sie ist echt. Den Umgang mit ihr haben wir verlernt. Jetzt kommen wir mit ihr nicht mehr zurecht! Darum, mein Glaube an die Liebe bleibt, der mich stets aufs Neue hoffen lässt. Der kleine Funke, der mich weitertreibt, dass du doch noch ein Liebeslied wirst!

Ein Jahr später

Andi steht vor Lillys Wohnungstür und klingelt. Auf seinem Arm hat er ein schlafendes Mädchen mit blonden, lockigen Haaren, die aus einer Strickmütze schauten. Das Kind hing erschöpft auf der Schulter von Andi und zog immer wieder an dem überdimensional großen Schnuller. Andi kuckte Lilly ganz panisch an und schoß an ihr vorbei richtung Wohnzimmer, wo er die Kleine auf das Sofa legte. Beide musterten das Mädchen, wie es so friedlich da lag. Lilly ganz verzückt, mit großen, strahlenden Augen. »Das ist also deine Cindy! Ach wie süß! Die kleinen Löckchen!«, sagte Lilly das Mädchen musternd. »Gestern hat mir Barbie Cindy vorbeigebracht«, antwortete Andi kurz und knapp. »Barbie hat gesagt, sie ist von mir! Den ganzen Mutterkram, das kann sie nicht, Barbie ist voll überfordert und es schadet ihrer Karriere als Filmschauspielerin in Amerika und so weiter«, gab Andi Barbie genervt wieder. »Sie ist nach Amerika zurückgeflogen und hat mir den ganzen Mist dagelassen.« In dem Augenblick, da Andi ganz laut wurde, fing die Kleine an zu weinen. »Psst, der Papa meint das nicht so!«, flüsterte Lilly, als sie Cindy die Mütze auszog und sie auf der Schulter wiegte. Lilly nahm sie mit einem natürlichen Mutterinstinkt und wiegte sie auf und ab. »Wieso kannst Du das?« wollte Andi von Lilly wissen. Weil ich Kinder liebe und schon oft genug kleine Babys und Kinder auf dem Arm hatte! Ist gar nicht so schwer, komm' probiers mal und streckte Andi das süße kleine Kneul entgegen. Andi behielt Cindy so im Arm, wie Lilly ihm das kleine Mächen auf den Arm gelegt hatte. Wie eine Schaufensterpuppe bewegte sich Andi keinen Millimeter, er atmete nicht und sagte auch kein Wort. Das hatte auch die beruhigende Wirkung auf Cindy die wieder friedlich die Augen schloss und leicht atmete. »Na siehste«, flüsterete Lilly, »es besteht doch noch Hoffnung!« Dabei grinste sie Andi an. Und Andi war Lilly so dankbar, dass sie ihm Mut machte.

Andi richtete bei sich zuhause ein Kinderzimmer für Cindy ein und Lilly besorgte Babysachen und fütterte das Kind. Beide machten einen Deal, das Lilly als Babysitterin einspringt und von Andi ganz normal bezahlt wird, wenn Andi beruflich unterwegs sein musste. Ohne die Hilfe und Fürsorge von Lilly hätte Andi das nicht geschafft und er wäre damit völlig überfordert gewesen. Von Barbie war nichts zu sehen oder zu hören.

Genau in dieser Zeit hatte Andi seinen größten Stress. Die meisten Automaten mussten überholt werden, die Saisonware wie Lebkuchen und Spekulatius mussten ständig nachgefüllt werden, das Bussy-Bier reduzierte er und brachte in diese Fächer fertigen Glühwein. Mit einem Wort, es gab immer viel zu tun. Meistens sah er Lilly nur, wenn er Cindy abgeben musste, damit er seiner Arbeit nachgehen konnte. »Hallo Cindy, schön dass du da bist!«, sagte Lilly an ihrer Wohnungstür, als Andi mit Cindy auf dem Arm und einer Sporttasche vor der Tür stand. »Es macht dir wirklich nichts aus, auf Cindy aufzupassen?«, fragte Andi jedesmal nach, um ganz gewiss zu sein. »Wir zwei haben doch eine Menge Spaß, nicht war Cindy?« Sie lächelte dabei Cindy fragend an, zupfte an den kleinen Handschuhen, ließ die beiden in die Wohnung rein und schloss die Tür. »Was machst Du eigentlich an Weihnachten?«, fragte Andi als er Cindys Jacke auszog. »Nix bestimmtes, wieso?«, wollte Lilly wissen. »Naja, ich dachte, wir könnten, wenn du willst und nichts anderes vorhast, zusammen, bei mir, mit Cindy, ähm, Weihnachten, soll heißen Heiligabend, feiern?« Es war nicht Andis bester Satzbau, aber um die Botschaft rüber zu bringen hat es gereicht. Es war so eine Spannung im Raum zwischen den beiden zu spüren, eine gewisse Ängstlichkeit die ganze Situation, mit einem einzigen Wort, einer falschen Frage, einer unpassenden Betonung zu zerstören. Es war Stille! Keiner sagte ein weiteres Wort. Lilly wollte Andi am liebsten gleich um den Hals fallen und ihn fragen, warum er da nicht früher drauf gekommen ist!

Klar will sie das, klar will sie nicht alleine sein, klar will sie mit dem Mann zusammen sein, den sie liebt. Sie will feiern und fröhlich mit ihm sein! Und sie will nicht ewig warten! Gefühle der Freude schossen ihr durch den Körper. Fragen in ihrem Kopf, warum erst jetzt? Warum nicht eher? Warum hat das so lange gedauert? Aber halt! Bloß keine Vorwürfe, dachte sich Lilly! Keine Vorhaltungen machen! Keinen Druck aufbauen! »Willst Du das wirklich?«, war ihre Antwort. Andi nickte nur. »Na gut!«, entgegnete Lilly. »Okay, aber wir feiern bei Dir! Dann kann ich gehen, wenn es zu viel wird.« Das war Lillys Bedingung.

Die Tage vergingen wie im Flug, als es wie vorher gesehen plötzlich Heiligabend war. Andi hatte wirklich noch am Morgen des 24ten die Geschenke und den Christbaum besorgt und dann in aller Hektik die Wohnung aufgeräumt. Er wollte ja schließlich den Eindruck erwecken, dass er alles im Griff hatte.

Am Abend lief dann alles perfekt. Schon an der Tür empfing Cindy ihre Lilly mit aufgeregten großen Augen. »Baum! Baum!« lallte Cindy mit ihrem Schnuller im Mund und zeigte mit dem Finger auf den leuchtenden Christbaum. Lilly musste sie im ganzen Wohnzimmer umher schleppen und ihr alles zeigen und erklären. Sie hatten jede Menge Spaß zu dritt. Andi konnte sich gar nicht mehr erinnern, wann er das letzte Mal so viel gelacht hatte. Andi wurde melancholisch und vor seinem inneren Auge wurde ihm der ganze Abend noch einmal in Form eines Videoclips vorgeführt und er hörte das Lied Weihnachtszeit, Familienzeit. Einige Momente brachten ihn richtig zum Schmunzeln.

Track 10: Weihnachtszeit, Familienzeit

Alle haben Stress, es ist kurz vor knapp, noch so viel was ein jeder zu erledigen hat. Jeder denkt nur an sich und plötzlich ist es so weit! Für die Weihnachtszeit ist noch keiner bereit!

Weihnachtszeit, Familienzeit! So viele Geschenke weit und breit! Päckchen mit meinem Namen dran. Sachen an die ich mich später kaum erinnern kann! Doch Weihnachtszeit ist Familienzeit, ein jeder wünscht sich Frieden - wenigstens heut! Deine schönsten Geschenke, bitte glaube mir, sind die Momente, die ich hatte mit dir!

Endlich Bescherung, so viel liegt unterm Baum. Die Zeit ist zu knapp, man glaubt es kaum! Die Geschenke der Anderen, kann das denn sein? Sind viel Größer, das find ich gemein!

Schenk mir lieber Liebe, ich weiß dass es geht! Kein teures Geschenk, das nur in der Ecke steht! Lass uns den größten Schneemann baun, danach die Hände am Feuer auftaun! Lass uns lieber lachen, spielen, Süßes essen, für einen Moment den Alltag vergessen!

Wenn wir wieder im Alltag angekommen sind, hab ich was gelernt, ich veränders geschwind! Ich hol' sie zurück, die schöne Weihnachtszeit! Jeder Tag ist für uns - Familienzeit!

Es war höchste Zeit für Cindy. Sie war völlig durch den Wind und kämpfte schon mit dem Schlaf. Doch all die Lichter, die Spielsachen ließen sie noch nicht schlafen. »Bring Du sie ins Bett, ich kümmere mich solange um die Küche« brachte Lilly als erstes den Vorschlag. »Gute Idee«, sagte Andi als er die Unordnung in der Küche mit den Augen überflog. Er nahm Cindy auf den Arm und sie schmiegte sich direkt um Andis Hals, als sie in Richtung Badezimmer gingen. Zuvor hatte Lilly ihr noch einen dicken Kuss gegeben und die Haare gestreichelt.

Eine Weile saß Andi am Bettchen von Cindy. Plötzlich war alles ruhig und die Stille führte dazu, dass Andi Zeit zum Nachdenken hatte. Andi wurde noch viel melancholischer, als er darüber nachdachte, was er sonst das ganze Jahr gemacht hatte. Die viele Arbeit! Was hatte er erreicht? Was hatte er erlebt? Wann hatte er gelebt? »Warum rennen wir eigentlich immer diesen blöden Geschenken hinterher? Sollten wir nicht mehr Zeit miteinander verbringen? Was heißt denn eientlich Erfolg? Ist man denn nichterfolgreich, wenn man seine Familie glücklich und erfolgeich gestaltet?«, viele Fragen gingen in Andis Kopf kreuz und quer durch alle Windungen. Cindy war jetzt schon fast über ein Jahr alt! Hatte er sie wirklich wahrgenommen? Natürlich will er mit seiner Cindy einen Schneemann bauen. Lilly war immer für ihn und für Cindy da. Warum wohnten sie eigentlich in zwei Wohnungen? Warum war ihm nie aufgefallen, dass Lilly ständig für ihn da war und fast nie ein böses Wort sagte? Warum hatte er nicht mit Lilly zusammen das Geschäft aufgebaut? Warum das Ganze mit Barbie! Da schämte er sich heute noch dafür! Basti hatte ihn schon damals gewarnt und er ignorierte es einfach! Andi war nicht glücklich mit den Entscheidungen, die er getroffen hatte. So hatte er sich das nicht vorgestellt. »Ich kann doch nicht meinen Erfolg mit jemand planen, den ich dann bei meinen Entscheidungen gar nicht berücksichtige. Dann macht der ganze Erfolg keinen Spaß. Es ist doch schön, wenn der andere an dem Erfolg - oder Misserfolg - teil hat und sich mit einem freuen oder ärgern kann.« Diese Erkenntnis murmelte er leise vor sich hin. »Lilly hatte mich auch ohne Geld geliebt.« Da war sich Andi ganz sicher! »Und ich hab' sie verletzt. Mit meinem Verhalten hab' ich ihr weh getan! Dabei habe ich mich selbst nicht geliebt. Deshalb war mir das Geld so wichtig! Ich dachte, dann kann ich mich lieben und alle anderen würden das auch! Mensch, Lilly ist ein Teil meines Lebens, so wie Basti! Solche Freunde kann man doch nicht für Geld irgendwo im Supermarkt kaufen. Ich jage dem Geld hinterher und kriege trotzdem so viel Liebe geschenkt. Ich bin so ein Idiot! Warum nur?«, es drehten sich die Gedanken immer wieder im Kreis. Cindy zuckte und gab ein paar Laute von sich, sie musste wohl von diesem Abend träumen, was Andi direkt aus seinen Gedanken in die Realität zurückholte. Es gab so viele Gedanken, die er Lilly unbedingt mitteilen wollte. Er ging zurück in die Küche, die bereits komplett aufgeräumt war, der Geschirrspüler surrte leise vor sich hin und auf dem Küchentisch standen zwei Rotweingläser und eine geöffnete Weinflasche. Lilly hatte sich schon eingeschenkt und sie saß mit einem zufriedenen Gesichtsausdruck an diesem Tisch mit den roten Kerzenstumpen. Sie sagte nur »Komm, setz dich, ich schenk' dir ein!« Er spürte die familiäre Liebe in der ganzen Wohnung und die wohlige Wärme, die einem sonst nur eine flauschige Wolldecke bot. »Wenn du willst, kannst du heute hier schlafen!«, sagte Andi während er das Weinglas vom Tisch hob. Sie musste doch, genauso wie er, diese Wärme gespürt haben. Und da schickt man nicht mal einen Hund vor die Tür, geschweige denn die Frau, die all die Jahre so treu an seiner Seite stand. Das war auch der Moment, in dem sich Andi neu in seine Frau Lilly verliebte. Die vielen Kerzen im Raum, das gedämpfte Licht und der gute Wein taten ihr weiteres. Und der schöne Moment wurde komplettiert, als sie seine Frage mit *JA* beantwortete. Die beiden redeten noch lange miteinander am kleinen Tisch in der Küche. Die Rotweingläser waren immer gut gefüllt. »Lilly, ich bin so ein Idiot!«, fing Andi an. »Ich weiß!«, kam postwendend die Antwort von Lilly. Andi zuckte zusammen. »Aber, Du bist ein süßer Idiot!«, sagte Lilly, die mit einer Art Siegerlächeln auf das Babyphone auf der Küchenzeile blickte und damit zu verstehen gab, dass sie alles wusste und alles von dem gedankenversunkenen Selbstgespräche mitbekommen hatte. Was Andi sofort erröten ließ. Und doch hatte Lilly eine Güte und einen vergebenden Blick, denn sie konnte sehen und spüren, dass da ein Mann saß, der leidet und bereut. Das Herz ging ihr auf und sie spürte die Liebe zwischen sich und Andi. Es folgte eine kleine Pause, die sich für Andi ewig anfühlte und ihn erstarren ließ. »Und, du bist mein Idiot!«, sagte sie leicht lächelnd hinterher. Die Art und Weise, wie sie das sagte und dieser kindlich verliebte Blick, ließen die Situation in einem romantischen Licht eintauchen. Beide konnten sich dieser Wirkung nicht länger entziehen! Im Kerzenlicht sah man, das vereinzelte Tränen an Lillys Wangen herunterliefen. Auch Andi hatte leicht feuchte Augen und schaute seine Lilly liebevoll an. Andi verstand jedes Wort, das sie sagte und es traf ihn! Was für eine Frau! Wie bezaubernd sie war! Wie attraktiv, wie gütig und voller Liebe! Sie hielten sich und tanzten miteinander in der Küche. Es folgte ein gefühlt ewiger Kuss und die beiden gingen turtelnd Richtung Schlafzimmer.

Track 11: Losleben

Ich warte auf dich schon die ganze Zeit! Ich sehne mich so sehr nach Dir! In meinen Träumen sind wir längst zu zweit! Für mich zählt nur das »Wir«! Mein Gedankenhaus, voller leerer Gänge! Atemlos bin ich durchgerannt! Ich merke so sehr, wie ich an dir hänge! Bilder von Dir, an jeder Wand!

Ich will einfach nur losleben, nur mit dir geht mein Leben los! Keine Chance mehr vergeben! Du gibst mir Flügel, machst mich groß! Mit dir kann ich Leben wirklich erleben, wart' auf dich mit offenen Händen! Mit dir kann ich einfach nur los leben, keine Zeit will ich verschwenden!

Irgendetwas ist es, das ich vermiss! Haben es die anderen, nur ich nicht? Irgendetwas kommt, da bin ich gewiss! Ich bin im Dunkeln und suche das Licht! Hab ich's in dir endlich gefunden? Was es ist, würde es Dir gerne zeigen! Doch die Angst vor neuen Wunden. Hält mich zurück, lässt mich schweigen!

Ich will nicht mehr länger warten! Ich will mit dem Leben starten! Ich will nicht alleine sein! Ich lass mich auf die Liebe ein! Lass uns jetzt los leben! Ich schenk dir meine Zeit! Ich will dir alles geben! Wir sind zum nächsten Schritt bereit!

Outro

Andi sitzt an einem leeren Schreibtisch. Das Foto von Lilly in dem weißen Bilderrahmen ist das Einzige was darauf steht. Er nimmt einen weiteren Bilderrahmen mit einem Foto von Lilly, Cindy und sich aus der Umzugskiste und stellt ihn direkt daneben. Er muss beide Bilder ansehen und starrt immer mehr mit einem freudigen, zufriedenen Blick auf das zweite Foto. »Man, was du für eine klasse Frau bist! Wie hübsch du bist! Und Cindy ist so ein tolles Mädchen! Er kann gar nicht aufhören, die beiden zu betrachten.« »Hey, was bin ich für ein Glückspilz! Ich weiß gar nicht, wie ich das verdient habe!« fuhr es Andi leise aus dem Mund. »Und das du mir alles verziehen hast! Ich habe meine Lektion gelernt, so einen Mist baue ich nie wieder!«

Dann blickt er aus dem Fenster, draußen sitzt Cindy in einem kleinen roten Sandkasten im Garten mit gelb geblümter Badehose und plätschert mit ihrer kleinen blauen Gießkanne den Sand nass. Wie kleine so spielen, versunken mit sich und den Elementen, als gäbe es nichts wichtigeres als die Gießkanne, das plätschernde Wasser und den matschigen Sand der so an den kleinen Fingern reibt. Lilly steht nur zwei Meter daneben und pflanzt Blumen in unterschiedliche Pflanzkübel ein. Auch sie ist versunken in ihre Arbeit. Mit der Latzhose, dem Strohhut und den Crocs kniet sie und schaufelte immer wieder mit einer kleinen roten Gartenschaufel die Blumenerde aus einem umgelegten, fast geleerten Sack. Es sind bereits an die sechs Töpfe, die da um sie herum stehen. Sie verteilt die restliche Erde gleichmäßig auf alle Pflanzkübel. Das war das Zeichen für Andi, zur Hilfe zu eilen, um diese an ihre richtige Position zu heben. Lilly hat schon genaue Vorstellungen wohin. Andi wollte nicht, dass Lilly etwas Schweres hebt. Als sie langsam aufsteht sieht man deutlich den Babybauch. »Lass mich das machen, Schatz!«

»Okay!« erwiderte Lilly und schnaufte dabei bedenklich tief! Sie machte wirklich langsam, denn es ist kein Wunder, seit Weihnachten ist sie jetzt bereits im siebten Monat. Das war genug Zeit, um das verdiente Geld sinnvoll anzulegen. Die Einnahmen reichten, ein eigenes Einfamilienhaus zu kaufen und zu renovieren. Mit drei Kinderzimmern bietet es genug Platz für Kinder. Und auch genug Platz für den einen oder anderen Automaten. Da sind sich beide einig, soviel Verrücktheit musste einfach sein.

Es klingelt an der Tür und Andi sprintet geschwind. Als er zurück kommt, laufen Basti und Laura vor ihm her. Basti bleibt stehen und boxt Andi leicht auf den Oberarm. Laura geht sofort zu Lilly und umarmt sie ganz herzlich. Dabei sieht man, dass Laura ebenfalls einen Babybauch hat und annähernd im gleichen Monat ist. Beide streicheln den Babybauch der anderen um auch die beiden neuen Familienmitglieder zu begrüßen. Mit so tollen Freunden und einem weiteren Töchterchen würden sie diesesmal das Familienglück perfekt machen.

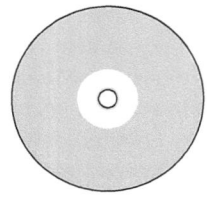 

Track 12: Soundtrack deines Lebens

Jeder hat sie, seine Lieblingslieder. Kommen die verknüpften Bilder wieder! Im rechten, oder auch im falschen Licht! Manchmal passend, manchmal nicht! Gefühlspfeile direkt ins Herz gezielt! Die Liebesnummer wird dir gespielt! Obwohl dir das Tanzen besser gefällt! Wer hat dir deinen Sender verstellt?

Der Soundtrack deines Lebens, spielt er was dir gefällt? Der Soundtrack deines Lebens, hast Du ihn selbst zusammengestellt? Freude pur in Dur? Nur Groll in Moll? Himmel hoch jauchzend oder einfach die Nase voll. Er ist und er bleibt... Der Soundtrack deines Lebens!

Du willst tanzen, und du tanzt allein! Du wünschst dir, es würde Paartanz sein! Auf der Tanzfläche deines Lebens, suchst Du den Partner vergebens! Da sind Freunde, die dir Lieder geben? Mit dir singen, auf der Party des Lebens! Hände hoch, die Musik ganz laut! Lieder für immer vertraut!

Wenn Du nur noch Stille hörst? Kein falsches Lied, das dich dann stört! Musik die schweigt, kaum zu ertragen! Und das schon seit Tagen. Dann doch lieber diese Dissonanzen! Sie geben dem Leben den Kick! Mit Liebeskummer kann ich doch auch tanzen! Und kann auch weinen im Glück!

- Ende -

Musikalische Umsetzung: Konrad Wissmath
*Vielen Dank an Konrad Wissmath für deine musikalischen Ideen
und die viele Zeit, die du verwendest hast, um die musikalische
Umsetzung so professionell zu ermöglichen.*

Die Playlist mit allen 12 Songs

*QR-Code mit dem Smartphone
scannen und im Browser öffnen*

¹https://soundcloud.com/andiautomatenaufsteller/sets/soundtrack-zum-buch

Mehr von Andi:

Die Webseite: andiautomatenaufsteller.de

Auf Instagram: instagram.com/andiautomatenaufsteller

Bei Facebook: facebook.com/AndiAutomatenaufsteller

SoundCloud: soundcloud.com/andiautomatenaufsteller

Auch würde ich mich freuen von Euch zu hören, wie Euch das Buch gefallen hat! Schreibt mir gerne eine E-Mail an

andiautomatenaufsteller@gmx.de

Über den Autor:

Jürgen Göb, 1969 in Schweinfurt geboren, verheiratet, zwei Kinder, lebt seit 2000 in und um München. Begegnungen mit den Menschen der Großstadt inspirierten ihn schon oft zu kurzen Geschichten, die er in Songtexte verpackte. So konnte es auch nicht anders sein, dass sein Erstlingswerk eine Kombination aus erfundener Geschichte und eigenen Songtexten ist. Ein paar Songvideos könnt ihr auf YouTube sehen, wenn ihr dem QR-Code folgt:

ISBN 978-3-7557-8553-8

1. Auflage Januar 2022

Deine schönsten **Geschenke**,
bitte glaube mir,

sind die **Momente**,
die ich hatte mit dir!